AF388042

Robin Fuchs, das sind Christian Handel, Jana Ronte, Nica Stevens und Andreas Suchanek. Gemeinsam schreiben die vier Autor:innen für Audible die Original-Reihe „Pech & Schwäfel".

PECH & Schwäfel

Tot im Eis

ROBIN FUCHS

Erstausgabe Januar 2024

Copyright © 2024 dp Verlag, ein Imprint der
dp DIGITAL PUBLISHERS GmbH
Made in Stuttgart with ♥
Alle Rechte vorbehalten

Tot im Eis

ISBN 978-3-98778-850-5
E-Book-ISBN 978-3-98778-717-1

Dieses Werk basiert auf dem audible Original „Pech & Schwäfel –
Tot im Eis" © Audible GmbH, Berlin

Development Producer: Jana Ronte-Versch
Layout: © Craubner + Hartmann GmbH

Covergestaltung: Buchgewand
Umschlaggestaltung: ARTC.ore Design
Unter Verwendung von Abbildungen von
shutterstock.com © Pictrider, © Igillustrator, © Agatsumo,
© GN.Studio
Lektorat: Jana Ronte
Satz: dp DIGITAL PUBLISHERS GmbH
Druck und Bindung: Books on Demand GmbH, Norderstedt

Prolog

Obwohl Nick selbst nicht in die Eisbox stieg, bildete sich eine Gänsehaut auf seinem Arm; er fröstelte. Wer tat so etwas? Und dann auch noch freiwillig!

»Alles klar, das Licht passt«, sagte ein junger Mann, der mit einem Sensor hin und her eilte.

»Das will ich hoffen, ich friere mir hier jetzt schon den Arsch ab.«

Die groben Worte passten gar nicht zu der hochgewachsenen Frau, die nicht mehr als einen knappen String-Bikini trug. Ihr Körper war makellos, die Haut schimmerte wie Seide. Dass sich Della DeLorain hierher begeben hatte, verortete Niederteerbach auf der Deutschlandkarte neu. Zumindest, was die Aufmerksamkeit anging.

Normalerweise mussten Personen, die die Cryobox betraten, dicke Handschuhe, Unterwäsche und Schuhe tragen. Doch damit Della den Livestream fast nackt bestreiten konnte, war abgesprochen worden, die Box lediglich ein paar Grad herunterzukühlen. Von außen würde es aussehen wie die normale Prozedur, in Wahrheit würde Della nur ein wenig frieren.

Nicks Smartphone vibrierte. Er warf einen Blick darauf und las über die Push-Funktion den Text, den seine neue Chefin – Bürgermeisterin Sabine Graefe persönlich – ihm geschickt hatte. Dort stand:

Graefchen: Und, klappt alles? Wieso ist sie noch nicht live?

Nick unterdrückte ein Aufseufzen. Er tippte:

Ist gleich so weit.

Damit er sich wieder auf den historischen Augenblick konzentrieren konnte, versetzte er das Smartphone in den Nicht-Stören-Modus und schob es in die Tasche. Wenigstens für ein paar Minuten. Er arbeitete erst seit kurzer Zeit als Assistent für die Bürgermeisterin, konnte sie aber schon gut einschätzen. Sie würde ihm ständig irgendwelche Anweisungen schicken.

Dellas Assistentin nahm die letzten Einstellungen vor und verkündete: »Alles bereit, wir können den Livestream starten.«

Die Stylistin bezog Position außerhalb des Aufnahmebereichs, ebenso Dellas persönlicher Sekretär. Alle anderen mussten sowieso vor der Tür warten, weil es in der kleinen Kammer sonst zu voll wurde.

Die Assistentin zählte den Countdown herunter: »Und 3 ... 2 ... 1 ... live.«

»Hallo Freunde der Schönheit«, grüßte Della in das Aufnahmeobjektiv. »Heute beginnt für euch eine ganz besondere Tour. Die nächsten Tage bereise ich Niederteerbach und führe euch mit vorbereiteten Videos und Livestreams durch dieses«, ein Räuspern folgte, »ganz besondere Dorf. Hier im neu gebauten Zentrum der

Schönheit werde ich mich in eine Eisbox begeben. Und Kenner wissen, was das bedeutet.« Sie berührte aufreizend ihre Haut.

Nick konnte nicht fassen, dass diese Frau bereits neununddreißig Jahre alt war. Sie sah nicht nur jünger aus, sie schien auch beständig jünger zu werden. Er hatte sich natürlich ihre alten Videos in den sozialen Medien angeschaut.

Della sagte noch ein paar Worte über irgendwelche Kosmetikprodukte und den generellen Vorteil von vaporisiertem Stickstoff auf der Haut.

Mit dem Satz »Jung für die Ewigkeit!« stieg sie in die Cryobox und zog die Tür hinter sich zu. Ein Klacken war zu vernehmen. Seltsam, Nick erinnerte sich nicht daran, dass dieses Geräusch auch bei der Generalprobe zu hören gewesen war.

Die Kühlung begann. Auf die angekündigten -180 Grad Celsius wurde der Inhalt nicht heruntergekühlt, für den Zuschauer sah es aber so aus. In Wahrheit wirbelte einfach Stickstoff umher und Della fröstelte ein wenig. Für gerade mal sechs Minuten. Alles verlief nach Plan, bis ein lautes Zischen erklang. Anscheinend wurde noch mehr Stickstoff in die Kammer gesprüht, direkt auf die Influencerin.

Diese schrie und versuchte hektisch, die Tür zu öffnen, trommelte wild gegen das Glas. Sie hatte keine Chance. Innerhalb von Sekunden war Della DeLorain schockgefrostet.

Nick starrte auf die Eisbox, unfähig, sich zu rühren.

»Ist sie tot?«, erklang eine hysterische Stimme.

Nick blickte entsetzt auf die neu entstandene Skulptur und murmelte: »Jung für die Ewigkeit.«

1. Kapitel

Nicht einmal der Kaffee von Harald, den Gabi wie jeden Morgen vor Maike abgestellt hatte, wollte ihr so richtig schmecken. Nicht heute. Da der erwartungsvolle Blick der Kollegin jedoch einen gewissen Erwartungsdruck auslöste, nippte sie an dem Becher, schloss genießerisch die Augen und sagte: »So gut.«

Auf der Wache war es überraschend still, was wohl daran lag, dass Lukas damit beschäftigt war, Horst aus der Zelle zu lassen. Und da dieser seinen Rausch ausgeschlafen hatte, waren auch die ständigen Arien beendet, die er in betrunkenem Zustand gerne zum Besten gab.

»Das freut mich. So ein Kaffee ist schon was Besonderes«, sagte Gabi. »Stell dir folgendes Szenario vor ...«

Nicht schon wieder! Maike setzte den Kaffeebecher ab und stöhnte auf. Wieso war sie nicht schon längst in ihr eigenes Büro geflüchtet? Da wollte man einmal gemütlich plauschen, seinen Kaffee genießen und dann wurde man verhört.

»... wenn du dich entscheiden müsstest zwischen dem Besuch einer Kaffeerösterei oder einer Wellnessbehandlung im Spa, was wäre dir lieber?«

Der unschuldige Blick, gepaart mit der typischen Euphorie eines Menschen, der seinen vierzigsten Geburtstag längst durchlebt hatte, machte es nicht besser. Morgen war es so weit. Maike würde die Dreißig endgültig hinter sich lassen. Sie sprang quasi mit beiden Beinen voraus ins Grab.

Gabi konnte sich an das Gefühl der Panik, vermengt mit dem unweigerlichen Herannahen von knackenden Gelenken, schmerzendem Kreuz und den Wechseljahren bestimmt gar nicht mehr erinnern. Bereits seit Tagen versuchte sie sich an ein Geschenk heranzutasten und bot Maike ›Szenarien‹ an. Es war so offensichtlich, dass es Maike schon fast rührte. Aber eben nur fast und deswegen antwortete sie patzig: »Die Kaffeerösterei.«

»Oh.« Ein enttäuschter Blick.

»Aber Spa wäre auch ganz toll. Da ich jedoch nicht feiern werde, erwarte ich gar keine Geschenke.«

»Natürlich nicht.« Gabi wandte sich wieder ihrer Tastatur zu und tippte eifrig.

Maike atmete tief durch, nahm pro forma noch einen Schluck Kaffee und wollte sich der Tür zuwenden. Ob es auffiel, wenn sie sich in ihrem Büro auf der anderen Seite der nachträglich eingezogenen Rigipswand einfach einschloss?

»Guten Morgen«, flötete eine sichtlich gut gelaunte Bürgermeisterin Graefe und betrat den Raum mit der ihr eigenen Wucht.

Maike erwiderte den Gruß. »Was führt Sie denn so früh in die Niederungen der hart arbeitenden Bürokratie?« Es blieb nur die Hoffnung, dass es nicht erneut um das digitale Archiv ging, dessen Einrichtung die Bürgermeisterin übereifrig vorantrieb.

Die winzige Spitze wurde nicht einmal zur Kenntnis genommen. Stattdessen schwenkte die Graefe ein Tablet. »Gleich beginnt der Livestream, der Niederteerbach für immer verändern wird.«

»Ach?«, sagte Maike.

»Della DeLorain startet *die Tour*«, sagte die Bürgermeisterin.

Maike hatte ihr Bestes gegeben, dem Tratsch auszuweichen, der überall durch den Ort schwappte. Seit Tagen war das Team der Influencerin unterwegs und führte Interviews, suchte Orte für Livestreams und legte Zeiten mit dem besten Licht fest.

»Na wunderbar.«

»Ein wenig Euphorie, meine liebe Frau Kriminalhauptkommissarin«, forderte Graefe. »Es war gar nicht so leicht, die Dame für uns zu gewinnen. Ich gehe jede Wette ein, dass der Willy ... ich meine, Bürgermeister Herzog, sie ebenfalls wollte.«

Der Kleinkrieg zwischen Niederteerbach und Oberteerbach machte vor nichts Halt. Die Bürgermeisterin und der Bürgermeister der beiden Dörfer lächelten einander bei jeder Gelegenheit zu, doch hinter den Rücken wurden die Messer gewetzt.

»Es geht los«, rief die Graefe euphorisch.

»Hallo, Freunde der Schönheit ...«, flötete es vom Tablet.

Maike sah das Bild dieser wunderschönen Frau, die – noch – genauso alt war wie sie. Wie hatte sie das nur geschafft? Ob Maike sich auch ein paar dieser Streams anschauen sollte? Jetzt, wo die Vierzig quasi vor der Haustür stand. Beim Anblick der strahlenden, lebendigen Della spürte Maike jede Falte.

»Guten Morgen Frau Bürg–«, begann Lukas, der mit Horst ins Zimmer kam.

»Schschschtttt!« Graefe fuchtelte nur mit der Hand und deutete auf das Tablet. »Das hier ist wichtig.« Sie schloss für einen Augenblick genießerisch die Augen. »Ich sehe landesweite Schlagzeilen. Touristen, die uns besuchen und voller Freude unseren Spa stürmen. Der Gemeinderat wird glücklich sein und damit natürlich auch ich.«

»Und wo werden diese Besucher schlafen?«, fragte Maike mit einem unschuldigen Blinzeln. »Beim Raibach?«

Sie hatte die plastikbezogenen Tische, den uralten Teppich und den armen Neffen des Inhabers noch gut in Erinnerung. Außerdem wusste sie von dem Dauerstreit: Der umtriebige Pensionswirt hatte nämlich die Mehrheit der Politiker des Gemeinderats auf seiner Seite und verhinderte mit schöner Regelmäßigkeit die Baugenehmigung eines neuen Hotels. Das brachte die Bürgermeisterin zur Weißglut, allerdings konnte sie nichts dagegen tun. Ständig hatte sie Angst, dass in Oberteerbach demnächst ein neues Hotel gebaut wurde und Bürgermeister Herzog ihr zuvorkam.

»Wir finden da schon eine Lösung«, sagte Graefe, obgleich ihre Fassade der Freude nun einen Riss aufwies. Deshalb ergänzte sie mantraartig: »Landesweite Schlagzeilen. Die Presse wird nur über uns sprechen. Und in den sozialen Medien erst ...«

Maike überließ Gabi, die Bürgermeisterin und Horst dem Tablet. Alle drei starrten fasziniert auf Della, die gleich in die Eisbox steigen wollte.

»Haben wir heute was?«, fragte Maike Lukas.

Dieser schüttelte den Kopf. »Ein paar Beschwerden wegen des Blitzers.«

»Wen haben wir denn erwischt?«

»Niemanden. Aber Frau Kuschel bittet darum, sie doch rechtzeitig zu informieren, wenn wir ihn das nächste Mal woanders hinstellen. Ich glaube, sie war bei dem Anruf gerade mit ihren Pilzen beschäftigt.«

»Dass diese Frau ihren Führerschein überhaupt noch besitzt, ist ein Wunder.« Maike schnappte sich den zwischenzeitlich abgestellten Kaffeebecher. »Was hast du ihr denn gesagt?«

»Dass die Vorschriften es verbieten, eine Bekanntgabe zu machen.«

Maike lachte. »Ihre Antwort?«

»Dass das nicht nett sei und sie sich dann eben direkt an die Bürgermeisterin wenden wolle. Weil nächstes Jahr ja Wahlen anstehen ...«

Die Graefe schrie bei dem Wort »Wahlen« auf.

»Ich dachte, Sie gewinnen sowieso jede davon haushoch«, sagte Maike verblüfft.

Erst dann bemerkte sie, dass auch Gabi entsetzt das Tablet anstarrte und Horst die Hand vor den Mund hielt.

»Ihr seht ja aus, als sei jemand gestorben ...« Maike war mit einem Satz neben dem Trio und schloss sich dem Starren an.

Della DeLorain war in der Eisbox erstarrt, ein dünner Eisfilm überzog ihre Haut. Sie war die Inkarnation von schockgefrostet.

»Ist sie tot?«, schrie jemand außerhalb des Aufnahmefeldes der Kamera.

»Landesweite Schlagzeilen«, hauchte die Graefe, doch jede Freude war aus ihrer Stimme verschwunden.

»Lukas, informier einen Notarzt«, sagte Maike. »Ich glaube nicht, dass man da noch etwas machen kann, aber sicher ist sicher. Wir fahren hin.«

Das Smartphone der Bürgermeisterin klingelte. Sie zog es hervor und nahm den Anruf mit verärgertem Gesichtsausdruck entgegen, während Lukas zu seinem Schreibtischtelefon eilte.

»Ach Bienchen, das tut mir so leid«, erklang die Stimme von Bürgermeister Herzog aus dem aktivierten Lautsprecher. »Ich habe den Livestream gerade gesehen. Wenn wir Oberteerbacher – und ich ganz persönlich – irgendetwas für dich, ich meine euch, tun können, lass es uns wissen. Die Presse wird sich natürlich aller Wahrscheinlichkeit nach auf dich stürzen, du hast Della ja zu euch in den Ort geholt. Das tut mir so leid.«

Die Stimme triefte vor falschem Mitgefühl und Maike stand kurz davor, selbst in den Hörer zu brüllen.

Die Graefe wurde knallrot, beherrschte sich aber meisterlich. »Erstens sollst du mich nicht Bienchen nennen, ich bin Bürgermeisterin Graefe. Hast du das verstanden, Willy? Außerdem bist du auf Lautsprecher. Da gibt es eine Fehlfunktion mit meinem Smartphone.«

Maike trat neben die Bürgermeisterin und betätigte das Icon, das die Lautsprecherausgabe beendete.

Sofort zog diese das Gerät ans Ohr und begann, ebenfalls in falscher Freundlichkeit, mit Wilhelm Herzog zu sprechen.

Lukas hatte mittlerweile den Notarzt verständigt und kam herbeigeeilt. Gemeinsam verließen sie die Wache und hetzten die Stufen des Rathauses hinunter. Da das neue Spa-Center nicht weit entfernt lag, erreichten sie es zu Fuß innerhalb kürzester Zeit.

Bereits von Weitem waren die Fans von Della DeLorain zu erkennen. Sie wirkten still, geradezu schockgefrostet, wie ihr Idol. Einige starrten auf ihre Handydisplays, andere in Richtung des Spa-Zentrums.

Maike parkte und betrat gemeinsam mit Lukas den Eingangsbereich. Hier waren Schilder aufgebaut, die darauf hinwiesen, wo welches Geschäft zu finden war. Sie hatte das Fitnessstudio noch in guter Erinnerung. Immerhin konnte sie im Falle des Kosmetiksalons davon ausgehen, dass hier kein Porno gedreht wurde.

Sie erreichten den Eingang und öffneten die Tür. Hinter dem Empfang stand eine junge Dame, das Haar in einem modischen Kurzhaarschnitt. Die unebene Haut wies darauf hin, dass sie das Kosmetik-Angebot selbst eher selten nutzte. Auf dem Schild an ihrer Brust stand *Melanie,* eingerahmt vom rechteckigen Logo der Cryo-Young-Kette.

»Tut mir leid, aber wir haben heute geschlossen«, krächzte die junge Dame überfordert.

»Das will ich doch hoffen.« Maike zog ihren Dienstausweis. »Kriminalhauptkommissarin Maike Pech, das ist mein Kollege, Polizeikommissar Lukas Yilmaz. Wir kommen wegen Della DeLorain.«

Melanie deutete nach links.

Vom gemütlich eingerichteten Eingangsbereich, in dem ein schwarzes Ledersofa und ein ebensolcher Sessel um einen runden Zimmerspringbrunnen gruppiert waren, zweigte auf Höhe des Empfangs links und rechts jeweils ein Gang ab. Sie gingen durch den linken, vorbei an geschmackvoll ausgewählten Gemälden, die blau-weiße Häuser an griechischen Küsten zeigten. In der Luft lag der Geruch von Lavendel, sanfte Entspannungsklänge drangen aus den Lautsprechern.

»Was da wohl auf der anderen Seite noch zu finden ist?«, überlegte Maike laut.

»Da gibt es die Gesichtsbehandlung«, sagte Lukas. »Vaporisierter Stickstoff wird auf die Wangen und die Stirn aufgetragen. Das verbessert das Hauptbild.«

»Nicht dein Ernst? Du auch?«

»Ich wollte es mal ausprobieren.« Er deutete ein Grinsen an, das sofort wieder hinter der Fassade der Professionalität verschwand.

Sie erreichten einen weiteren Vorraum mit Ledersesseln, wo bereits einige Personen Platz genommen hatten. Maike stellte sich erneut vor, woraufhin eine kräftige Frau mit blondem Zopf aufsprang. »Na endlich sind Sie da! Ich bin die Britta. Britta Taft, mir gehört der Laden.«

»Frau Taft ...«

»Sagen Sie ruhig Britta, wir nennen uns hier alle beim Vornamen.«

»Das freut mich. Wir aber eher nicht«, entgegnete Maike. »Es tut mir leid, was geschehen ist. Falls der Notarzt nichts mehr tun kann, werde ich mir das alles genau ansehen.«

»Der ist schon da«, sagte ein Mann in Chinohose und Hemd. Das dunkle Haar war perfekt gestylt. »Ich bin Nicholas von Marking, der Assistent von Bürgermeisterin Graefe. Als es passiert ist, war ich zugegen. Der Notarzt kann die Box leider nicht öffnen, es gibt da irgendeinen Verschluss.«

»Der standardmäßig nicht zu diesem Modell gehört«, warf Britta Taft ein.

»Das schauen wir uns an«, sagte Maike.

Sie ließ der Inhaberin den Vortritt. Es gab insgesamt fünf Räume mit Eisboxen darin. Sie wurden in den letzten, am Ende der Reihe geführt.

Della DeLorain war eindeutig tot. Sie stand noch immer aufrecht in der Box, das Gesicht in einem Schrei eingefroren. Schönheit, konserviert für die Ewigkeit.

Daneben stand ein dunkelhaariger Mann in den Vierzigern, der sich als Doktor Bintek vorstellte. »Ich kann den Tod bestätigen, aber mehr auch nicht. Da müssen die Kriminaltechniker ran, alles öffnen und Spuren sichern.«

Maike bedankte sich und sah Doktor Bintek hinterher, der bereits wieder davoneilte. Vermutlich zum nächsten Notfall.

»Immerhin musste sie ihren Vierzigsten nicht mehr erleben«, erklang die Stimme einer Frau hinter ihr.

Erst jetzt bemerkte Maike, dass alle Personen aus dem Eingangsbereich ihr und Lukas gefolgt waren.

»Entschuldigung, aber das hat sie schon sehr mitgenommen, dass sie bald ... Na ja, eben alt ist«, sagte die unbekannte Frau erneut.

»Vierzig ist doch kein Alter«, gab Maike zurück, was ihr eine hochgezogene Augenbraue von Lukas einbrachte. »Und Sie sind?«

»Laura Fein. Die Stylistin von Della.«

»Ich meinte Ihr Alter«, konnte Maike sich nicht verkneifen.

Fein wurde rot, gab aber schlagfertig zurück: »Jung.«

Was man ihr auch ansah. Auf dem Gesicht der Frau war keine Falte erkennbar, das blonde Haar glänzte so seidig wie ihre Haut.

»Della machte sich also Sorgen um ihr Alter?«, fragte Maike.

»In Ihrem Job ist es bestimmt egal, wie alt man ist, oder?« Laura Feins Blick maß Maike von oben bis unten. »Und was man trägt. Aber in unserem Metier spielt das eine große Rolle.«

Maike war versucht, ihr vorzuschlagen, doch eine der anderen Eisboxen auszuprobieren. Womöglich gab es weitere Vorrichtungen, die Menschen schockfrosteten.

Neben der Stylistin waren noch ein Mann und eine Frau eingetreten, die sich als Dellas persönlicher Sekretär und ihre Assistentin vorstellten. Maike registrierte, dass keiner der Anwesenden wirklich geschockt oder traurig wirkte.

Lukas schrieb bereits eifrig mit.

»Bitte nehmen Sie doch alle im Wartebereich Platz, wir befragen Sie dann einzeln«, bat Maike. »Herr Yilmaz geht mit Ihnen und nimmt schon mal Ihre Personalien auf.« Sie hielt Lukas kurz am Arm fest und flüsterte ihm zu: »Sag Pöller Bescheid, der soll sofort hierherkommen.«

»Sind wir etwa verdächtig?«, fragte Dellas persönlicher Sekretär.

»Das kann ich Ihnen in ein paar Minuten sagen. Bitte.« Sie deutete auf die Tür. »Frau Taft, bleiben Sie noch einen Augenblick.«

Erst als alle gegangen waren, widmete sich Maike wieder der Eisbox. Diese war so groß, dass ein Mensch bequem darin stehen konnte. Die Vordertür war aus

Glas, eingefasst von einem schwarzen Rahmen, auf dem das Logo von CryoYoung prangte. Im Zentrum war die Nummer der Eisbox zu erkennen: 5.

Am oberen Ende erkannte Maike eine Konstruktion, die über den Scharnieren auf der Innenseite saß. Unten ebenfalls. Beide waren aufgrund der Unterschiede im Material sofort als Fremdobjekte erkennbar.

»Es tut mir so leid«, sagte Britta Taft.

»Wurden die Boxen nicht vor der Nutzung überprüft?«, fragte Maike.

»Natürlich! Gestern gab es eine Probe, bei der Della ein Testvideo gemacht hat. Sie stieg ein, spulte den vorgefertigten Text ab und kam wieder heraus. Als wir gingen, war alles in Ordnung.«

»Wir müssen also davon ausgehen, dass die Eisbox danach manipuliert wurde, und zwar von jemandem, der wusste, dass Della heute hier ist.«

»Nun ja, sie hat es extra angekündigt. Mit einem Bild.« Frau Taft kramte ihr Smartphone hervor und öffnete Dellas Instagram-Seite in der App. »Da, schauen Sie.«

Maike betrachtete das gepostete Foto. Darauf war die Influencerin vor der Eisbox zu sehen, inklusive der Boxnummer. Während Maike bisher davon ausgegangen war, dass der Täter oder die Täterin im direkten Umfeld zu suchen war, musste sie diese Theorie jetzt noch einmal überdenken. Durch den Post hatte die ganze Welt nicht nur gewusst, was Della vorhatte, auch die genaue Box war publik gewesen. Eine Manipulation hätte also jeder vornehmen können, der sich in der Nacht Zutritt verschafft hatte.

Maike gab Frau Taft das Smartphone zurück und ging zur Rückseite der Eisbox. Dort standen mehrere

Flaschen Flüssigstickstoff in den vorgesehenen Halterungen, eine einzelne gehörte allerdings eindeutig nicht dazu. Sie stand ohne Halterung auf dem Boden und war mit einem Schlauch verbunden, der durch ein Loch in der Rückwand führte. Jemand hatte es nachträglich gebohrt. Hier war eindeutig manipuliert worden.

»Die gesamte Konstruktion wirkt gut durchdacht, sieht mir ganz nach einem Profi aus, der sich mit Technik auskennt«, sagte Maike nachdenklich. »

»Gott sei Dank«, entfuhr es Britta Taft. »Entschuldigung. Aber ich hätte mir das nie verziehen, wenn *wir* da einen Fehler gemacht hätten.«

»Wer ist denn für die Wartung der Boxen zuständig?«, wollte Maike wissen.

»Ein Techniker von CryoYoung, der war bei der Eröffnung hier und hat die Flaschen angeschlossen, die in den Halterungen stehen. Da wurden auch Bilder gemacht und jeder Schritt protokolliert. CryoYoung ist ja 'ne Kette und hat sehr strenge Richtlinien.« Frau Taft nickte gewichtig. »An die wir uns alle gehalten haben.«

Maike machte sich eine geistige Notiz, Gabi darum zu bitten, diese Unterlagen anzufordern. »Und heute Morgen haben Sie aufgeschlossen?«

»Ich bin kurz vor Della und ihrem Team angekommen und habe sie hereingelassen.« Frau Taft schlug die Hand vor den Mund. »Bin ich jetzt die Hauptverdächtige?«

»Haben Sie Physik studiert? Sind Sie Ingenieurin?«

»Auf keinen Fall!« Sie schüttelte vehement den Kopf.

»Na, dann haben Sie vielleicht noch mal Glück gehabt. Wir machen hier dicht und überlassen den Raum erst mal der Spurensicherung«, erklärte Maike. Oder, wie Doktor Bintek in Offiziellsprech gesagt hatte: den Kriminaltechnikern. »Mein Kollege und ich übernehmen die Befragung und danach sehen wir weiter.«

»Natürlich.« Britta Taft nickte.

Maikes Smartphone vibrierte. Auf dem Display erschien der Name von Sarah, ihrer Nichte. Kurz überlegte sie, ob sie ablehnen und später zurückrufen sollte.

»Machen Sie nur, ich gehe nach draußen. Der Anblick schlägt mir aufs Gemüt.«

Während Frau Taft den Raum verließ, nahm Maike Sarahs Anruf an. »Was kann ich für dich tun, Lieblingsnichte?«

»Ich habe genau gesehen, dass du gezögert hast«, kam es vorwurfsvoll zurück. »Und außerdem solltest du nicht immer so grimmig schauen, das gibt Falten. Das ist so schrecklich mit Della.«

»Ich ... Falten ... Moment, was?«

»Die Kamera von Dellas Smartphone ist noch eingeschaltet, Tantchen«, erklärte Sarah. »Du bist live. Und es schauen bisher sechstausend Menschen zu. Tendenz schnell steigend.«

›Schockgefrostet‹ traf Maikes Gefühlslage in diesem Augenblick ziemlich gut.

2. Kapitel

Maike starrte geschockt in die Kamera des Smartphones, als Pöller den Raum betrat.

»Ah, Herr Pöller«, sagte sie absichtlich förmlich. »Sie kommen gerade richtig.«

»Weglaufen können unsere Kunden ja nicht mehr, was?« Er lachte, wodurch sein Kugelbauch unter dem weißen Ganzkörperanzug hüpfte. »Sie haben hier doch nichts verunreinigt?«

Maike nickte mit dem Kinn in Richtung Kamera und formte die Worte ›wir sind live‹, um ihm zu verdeutlichen, dass sie auf Sendung waren. Gleichzeitig nestelte sie ihre Gummihandschuhe hervor, um den Livestream zu beenden, ohne Fingerabdrücke auf dem Touch-Display zu hinterlassen. Natürlich hatte sie gerade jetzt Schwierigkeiten, den verdammten Handschuh überzustreifen.

»Natürlich nicht, wir halten uns exakt an das Protokoll.« Maike machte einen Schritt auf das Stativ zu, auf dem das Smartphone befestigt war. »Wir haben nur geprüft, ob noch Hilfe möglich ist.«

Sie sah den Namen von Bürgermeisterin Graefe, die den Livestream nach wie vor verfolgte. Ebenso Bürgermeister Herzog, Gabi und auch Sarah waren da. Direkt darunter reihten sich Zoe ein und ... Sandro. Die Buschtrommel hatte wirklich jeden erreicht, einige schalteten gerade zu.

Pöllers Assistent war bereits an der Tür der Box zugange.

»Da hat ein Blick ja gereicht, was? Die ist tiefgekühlt für die Ewigkeit«, sagte Pöller.

»Kann man so sagen. Dieses Mal wird es 'ne Herausforderung, die Tür hat auf der Innenseite ein nachträglich installiertes Verschlusssystem.« Maike streckte den Finger aus, um den Livestream zu beenden.

»Wir sind Profis«, erwiderte er.

Mit einem kräftigen Ruck öffnete Pöllers Assistent die Eisbox. Ein Krachen erklang, die Mechanik am oberen Ende zersprang und Della DeLorain kippte schräg vornüber.

Mit einem Hechtsprung warf Maike sich herum, war mit einem Satz bei der Box und fing die tote Influencerin auf. Diese vollführte eine halbe Drehung, knallte gegen die Eisboxwand und ... etwas zerbrach. Alle Blicke folgten dem kleinen Finger der linken Hand, der durch die Luft segelte. Pöllers Augen wurden größer, er streckte die Hand aus und fing den Finger auf, bevor der auf dem Boden aufschlagen konnte.

Stille setzte ein.

»Halten Sie mal«, bat Maike.

Pöller verstaute Dellas kleinen Finger in einem Klarsichtbeutel und löste Maike beim Halten der Eis-Leiche ab. Während die beiden Männer die Influencerin vorsichtig zurück hievten, um zuerst den Raum vorzubereiten, eilte Maike zum Smartphone und beendete endlich den Livestream.

Auf dem Bildschirm erschien die Frage: *Möchten Sie diesen Livestream speichern?*

Sie hätte liebend gern *Nein* gedrückt, doch die Aufnahme war zu wertvoll als Beweismittel. Sie bestätigte also mit *Ja* und klammerte sich an die Hoffnung, dass der Account in Kürze sowieso abgeschaltet wurde. Was konnte in achtundvierzig Stunden – und länger konnte das keinesfalls dauern – schon groß passieren?

»Wir kümmern uns um alles«, sagte Pöller und warf seinem Assistenten einen grimmigen Blick zu.

Maike verließ den Raum und gesellte sich zu Lukas. Auf den Ledersesseln hatte Dellas Entourage Platz genommen. Alle drei starrten schweigend in unterschiedliche Richtungen – die Stylistin, der persönliche Sekretär und die Assistentin. Einzig Britta Taft war eifrig dabei, auf ihrem Smartphone herumzutippen.

»Könnten Sie uns einen gesonderten Raum zur Verfügung stellen?«, bat Maike die Inhaberin.

Britta Taft sprang auf. »Natürlich. Sie kriegen gerne mein Büro.«

Maike warf Lukas einen fragenden Blick zu. »Wir beginnen mit …?«

»Das wäre dann Julia Klock, die Assistentin von Della DeLorain.«

Die Angesprochene fuhr in die Höhe und funkelte Maike herausfordernd an. Der rote Kurzhaarschnitt bildete einen starken Kontrast zur bleichen Haut. »Na dann.«

Frau Taft ging voran, zurück zum Empfang. Vor der mittlerweile geschlossenen Glastür stand eine Traube von Menschen. Die meisten streckten ihr Smartphone in die Höhe und filmten den Innenraum, wo die arme

Melanie hinter der Theke tapfer die Stellung hielt. In der Menge erkannte Maike Ingo Brandt, den schmierigsten aller Reporter.

Die Inhaberin öffnete eine Tür und ließ sie eintreten, nur um diese sofort wieder zu verschließen. Von innen.

»Äh, danke«, sagte Maike.

»Gerne«, erwiderte Frau Taft.

»Wir müssten die Befragung dann aber ohne Sie durchführen«, erklärte Lukas dankenswerterweise. »Dienstvorschriften.«

»Ach so, na gut.« Sie ging wieder hinaus.

Erst als die Tür hinter Frau Taft ins Schloss gefallen war, nickte Maike Julia Klock auffordernd zu. »Ihre Personalien hat der Kollege Yilmaz ja aufgenommen, können Sie mir sagen, in welchem Verhältnis Sie zu der Toten standen?«

»Ich bin ... war ihre Assistentin«, erklärte Julia Klock.

»Und was macht man da so?«, hakte Maike nach.

»Termine planen, mit Sponsoren Kontakt halten und neue Verträge an Land ziehen.«

»Haben Sie einen juristischen Abschluss?«

Klock schüttelte den Kopf. »Das läuft über den Anwalt. Ich mache die Vorgespräche, dann hole ich Della dazu und am Ende wird der Papierkram von der beauftragten Kanzlei abgewickelt. Oder wurde.«

»Sie wirken relativ gefasst«, sagte Maike. Es lag ihr fern, Frau Klock mit dem Tod ihrer Chefin frontal anzugehen, doch sie musste ein wenig bohren. »Für jemanden, deren Chefin vor den eigenen Augen gestorben ist.«

»Das ist schrecklich, aber wenn Sie von mir erwarten, jetzt heulend vor Ihnen zu sitzen, muss ich Sie enttäuschen. Das mit Della war ein reines Arbeitsverhältnis, wir waren keine Freundinnen hinter den Kulissen«, erklärte Julia Klock, während sie ihre Beine übereinanderschlug. »Sie hat ein anderes Leben geführt als ich. Schauen Sie mich doch an, ich trage bequeme Jeans und die Mode der letzten Saison. Das wäre Della nie passiert.«

»Ach, letzte Saison. Schrecklich«, sagte Maike trocken.

»Machen Sie sich nur lustig«, kam es prompt zurück. »Aber es hat seinen Grund, dass wir mit guten Sponsoren Millionen verdienen. Unternehmen haben einen Bedarf an Influencern als Teil des Marketing-Konzeptes. Ob im Bereich der Mode, der Kosmetik oder bei Nahrungsmitteln. Aber es ist natürlich beruhigend, dass Sie mit Ihrem Gehalt zufrieden sind. Schließlich brauchen wir Männer und Frauen wie Sie.«

Maike beschloss, sich weder aus der Ruhe bringen zu lassen noch nachzuhaken. »Ihr Verhältnis war also rein professionell. Können Sie mir sagen, ob jemand Interesse daran gehabt haben könnte, Della etwas anzutun?«

»Es gab ständig Liebesbriefe, Hassbriefe ... da könnte ich Ihnen eine ganze Liste herunterbeten.«

»Aufschreiben genügt, danke. Wenn Sie die bis morgen fertig hätten, können wir damit arbeiten«, sagte Maike.

»Also ... na gut, das kann ich natürlich machen.« Jetzt bereute Klock zweifellos ihr leichtfertiges Angebot.

»Hatte Della Familie, jemanden, den wir kontaktieren
sollen?«, fragte Maike.

Julia Klock schüttelte den Kopf. »Sie war mal verheiratet, das ist aber ewig her. Zu ihrem Exmann besteht
kein Kontakt mehr, soweit ich weiß. Sie hat keine Kinder. Ihre Eltern sind schon länger tot.«

»Haben wir den vollständigen Namen der Toten?«,
fragte Maike an Lukas gewandt. »Den echten?«

Er nickte. »Ihr bürgerlicher Name war Jessica Staub.«

»Nicht der beste Name für eine Influencerin im Bereich der Schönheitsindustrie«, erklärte Klock. »Hier
geht es um Qualität, Ausstrahlung, die richtigen Worte
und auch den richtige Namen.«

»Sein und Schein«, sagte Maike.

»Hashtag *No filter* kam für uns jedenfalls nicht infrage«, stellte die Assistentin klar.

»Und wie war das teamintern?«, fragte Maike weiter.
»Kamen alle gut miteinander zurecht?«

»A...absolut«, haspelte Klock und räusperte sich. »Entschuldigung, die Nerven.«

»Das ist auch erst mal alles. Ich wäre Ihnen allerdings
dankbar, wenn Sie die nächsten achtundvierzig Stunden nicht abreisen. Bis wir uns einen Überblick verschafft haben.«

»Wir haben sowieso für die komplette Woche ge-
bucht, es gibt keine Rückerstattung. Dabei ist diese Pension wirklich unter jedem Niveau.«

Maike wandte sich Lukas zu. »Wohnen alle im Raibach?«

Dieser nickte, wobei seine Mundwinkel sich kräuselten.

»Dann wäre das alles«, verabschiedete sie die Assistentin. »Wenn Sie so nett wären, mir den jungen Mann zu schicken.«

Als Julia Klock die Tür öffnete, stand die Inhaberin von CryoYoung direkt davor und sprach in ihr Smartphone. »... Ich kann da doch nicht einfach reinplatzen.« Sie blinzelte erschrocken ob der Unterbrechung. »Frau Pech, die Bürgermeisterin würde Sie gerne sprechen.«

»Sagen Sie ihr, ich rufe zurück.« Maikes Blick machte wohl deutlich, was sie von der Störung hielt, denn Frau Taft verschwand in Richtung Empfang.

Kurz darauf näherten sich Schritte.

»Maximilian Matt«, erklärte Lukas. »Er ist der persönliche Sekretär.«

Der junge Mann konnte höchstens Anfang zwanzig sein und war damit deutlich jünger als Julia Klock. Sein schwarzes Haar fiel in dichten Locken bis zu seinen Schultern, unter den Augen lagen dunkle Ringe.

»Setzen Sie sich doch«, bat Maike.

»Danke.«

»Mein Beileid zum Verlust Ihrer Chefin. Darf ich fragen, was der Unterschied zwischen einer Assistentin und einem persönlichen Sekretär ist?«

Maximilian Matt lachte leise und eindeutig völlig ausgebrannt. »Julia stand Della beruflich zur Seite, während der gewöhnlichen Arbeitszeit. Ich wurde für alles andere aus dem Bett geklingelt, aus dem Urlaub geholt oder losgeschickt, um den Kaffee zu besorgen. ›Junge für alles‹ kann man wohl sagen.« Die Bitterkeit in seiner Stimme war nicht zu überhören.

»Warum sind Sie denn bei ihr geblieben?«, wollte Maike wissen.

»Kommt nicht so gut, wenn man als Neuling in der Branche nach so kurzer Zeit wieder aussteigt. Ich bin erst seit einem guten Jahr bei Della gewesen. Ich habe Influencer-Marketing studiert und wollte mir eigentlich selbst etwas aufbauen. Mich nach und nach hocharbeiten.«

»Sie wollten vor die Kamera?«, fragte Maike.

»Nein, um Himmels Willen.« Matt schüttelte den Kopf. »Ich möchte eine Agentur gründen, um Marketing für Influencer zu betreiben. Stärkung der Marke, Ausbau der Zielgruppe, all das. Als ich mich bei Della bewarb, hätte ich nie gedacht, dass sie mich überhaupt in Betracht zieht. So als Anfänger.«

»Aber sie hat«, sagte Maike, als das Schweigen von Matt sich in die Länge zog.

»Meine Bewerbung hat sie wohl überzeugt. Sie war total darauf fixiert, neue Zielgruppen zu erschließen«, erklärte er. »Hatte vermutlich mit dieser Angst zu tun.«

»Welcher Angst?«, fragte Maike. Sie fand das gesamte Thema zunehmend spannend.

»Vor der vierzig«, antwortete Matt.

Schon war die Spannung dahin. Stattdessen kehrte ihr Missmut zurück. »Und deshalb wollte Della also ihre Zielgruppe erweitern, um ... ältere Menschen?«

»Genau. Das letzte Segment vor der Rente. Ab vierzig aufwärts«, bestätigte Matt. »Da braucht es ganz andere Kosmetik, um die Falten in den Griff zu bekommen und eine gewisse Restschönheit zu bewahren. Da sie selbst kurz davorstand, Betroffene zu sein, lag ihr das am Herzen.«

Maike verschränkte die Arme. »Das klingt alles, als sei die Vierzig in Ihrer Branche ein Todesurteil.«

»Meist schon früher, aber Della hat sich ja gut gehalten«, erwiderte Matt.

»Gibt es denn sonst etwas, das wir noch wissen sollten?«, fragte Maike. »Hatte Della Feinde? Probleme im Team?«

»Keine Ahnung.« Matt zuckte mit den Schultern. »Ich bin ja noch nicht lange dabei gewesen. Laura und Julia sind ein eingeschworenes Team, die haben hochprofessionell gearbeitet. Mehr weiß ich nicht.«

Maike bedankte sich bei Maximilian Matt und bat ihn ebenfalls darum, seinen Aufenthalt beim Raibach nicht vorzeitig abzubrechen. Er ging und versprach, die Stylistin als Nächstes zu schicken. Auf ihrem Smartphone entdeckte Maike einen Anruf von Zoe, einen von Sandro und zwei von Jens.

Dank des Livestreams waren sie natürlich alle im Bilde. Da Pöller bereits mit der Leiche von Della auf dem Weg nach Köln war, musste sie Sandro zügig eine Zusammenfassung geben, damit dieser die Obduktion offiziell einleitete. Sie warf einen Blick auf die Uhr. Sie waren vor über einer Stunde hier angekommen, aber es blieb keine Zeit zum Durchatmen.

»Lukas, schreib doch Sandro ... also Staatsanwalt Grasso bitte eine kurze Zusammenfassung, damit der Papierkram schon mal seiner Wege gehen kann. Ich rufe ihn an, sobald wir die letzte Befragung hinter uns gebracht haben, und bitte um eine offizielle Bestätigung für die Einleitung der Ermittlungen.«

In diesem Augenblick tauchte die zierliche blonde Frau vor der Tür auf.

»Nehmen Sie bitte Platz«, bat Maike.

Schweigend sank Julia Fein in den Sitz.

»Mein Beileid zum Verlust Ihrer Chefin«, begann Maike erneut. »Wie war denn Ihr Verhältnis zur Toten? Und was genau waren Ihre Aufgaben?«

Die Stylistin nickte zaghaft. »Ich habe ihre Outfits zusammengestellt und sie natürlich auch frisiert. Jeden Tag. Das ist schon hart, wenn man sieht, wie die Haut langsam schlechter wird.«

Innerlich stöhnte Maike auf. »Schon klar, wegen des Alters.«

»Genau.« Fein nickte eifrig. »Die arme Della.«

»Sie mochten Ihre Chefin also?«

»Sie war in Ordnung«, sagte Fein zögerlich. »Klar, sie hatte ihre Momente. Wenn der Lidstrich mal nicht perfekt saß oder eine Hose nicht gepasst hat – aber das kann man ihr ja nicht verdenken.«

»Ja klar, das sind schon schwere Rückschläge«, sagte Maike.

»Eben. Aber sonst war sie immer ganz nett. Wirklich.«

Fein nickte bekräftigend. Meist kein gutes Zeichen für den Wahrheitsgehalt einer Aussage. Natürlich wollte niemand als verdächtig gelten, weil er die ehemalige Chefin nicht gemocht hatte. Zog man das in Betracht, war Maximilian Matt eigentlich der Hauptverdächtige. Allerdings wirkte der so müde, dass er sich beim Versuch der Eisbox-Manipulation eher selbst umgebracht hätte. Britta Taft wäre wiederum kaum so dumm gewesen, einen Mord in den eigenen Räumen zu begehen. Noch leichter aufzufliegen war kaum möglich. Maike musste abwarten, was Pöller bei seiner Untersuchung herausfand. Wenn sich jemand Zutritt verschafft hatte, gab es auch Spuren.

Sie stellte ein paar abschließende Fragen an Laura Fein, doch die war offenbar in einem Zustand zwischen Schüchternheit und Bekräftigung gefangen. Maike verabschiedete sie ebenfalls mit der Bitte, den Ort nicht zu verlassen.

»Großartig«, sagte sie an Lukas gewandt, als sie wieder allein waren. »So viel Begleitpresse hatten wir noch nie am Hals, und live waren wir auch noch.« Sie rieb sich müde die Augen. »Dabei hat der Tag so schön gewöhnlich begonnen. Prüfst du bitte, wer außer der Inhaberin nachts Zugang zu diesen Räumlichkeiten hatte? Diese Empfangsdame ja vielleicht oder weitere Angestellte oder der Putzdienst. Ich will wissen, wer Schlüssel hat, das übliche Prozedere.«

Damit verließen sie CryoYoung und bahnten sich einen Weg durch die Menge aus Fans, Influencern und Reportern. Ingo Brandt würde ihr bestimmt auch bald wieder irgendwo auflauern. Irgendwie gewann der Fall überraschend schnell an Dynamik.

Erst auf dem Revier begriff Maike, wie recht sie mit der Vermutung hatte.

3. Kapitel

Als Maike gemeinsam mit Lukas das Rathaus betrat, war sofort klar, dass etwas nicht stimmte. Zuerst vermutete sie eine übergroße Hochzeitsgesellschaft, die sich versehentlich vor den Eingang der Wache verirrt hatte. Doch der Pulk aus Frauen und Männern war zu jung. Dass sie allesamt ihr Smartphone emporhielten, trug auch nicht dazu bei, Maikes Geburtsvortagslaune zu heben.

»Haben Sie schon einen Verdacht, wer die arme Della umgebracht hat?«, fragte ein Kerl mit blauen Strähnen im schwarzen Haar.

»Zu aktuellen Ermittlungen geben wir grundsätzlich keine Auskunft«, sagte Maike.

Auf der Wache musste sie kurz mit Sandro telefonieren, bevor sie die Pension Raibach aufsuchten, andernfalls bekam Lukas ein Schleudertrauma, weil sie so weit ab vom Dienstweg gekommen waren.

In Gabis Büro sah sie sich unvermittelt Nicholas von Marking gegenüber, der sichtlich aufatmete.

»Endlich sind Sie da.« Er tippte schnell auf seinem Smartphone herum. »Meine Chefin möchte Sie sofort sprechen Frau Kriminalhauptkommissarin.«

»Schreiben Sie ihr gleich hinterher, dass ich wieder weg muss. Das Gespräch muss warten.«

Nicholas machte ein unglückliches Gesicht und bereute vermutlich längst, diesen Job angenommen zu haben. »Das wird ihr gar nicht gefallen. Jetzt, wo Sie doch so prominent sind.«

»Bitte?« Maike suchte Gabis Blick.

Diese schob schuldbewusst ihr Smartphone unter einen Stapel Papiere.

»Das ist doch jetzt alles nicht wichtig.«

»Raus damit!« Schlimmer konnte der Tag sowieso nicht werden.

Gabi schluckte, nahm zögerlich ihr Smartphone und entsperrte es. Kurz darauf bekam Maike ein Video präsentiert, das laut Gabis Aussage mittlerweile viral ging.

Darin war Maike im Fokus zu sehen, die in Zeitlupe auf die Eisbox zustürmte. Untermalt wurde das Ganze vom Song *The Final Countdown.* Ihre Lippen bewegten sich langsam, jede Hautfalte schwabbelte; das Doppelkinn war prominent in Szene gesetzt. Sie erreichte Della, deren Finger abbrach und in entsetzlicher Langsamkeit rotierte. Pöller fing ihn schließlich aus der Luft. Zum Abschluss erklang dessen Stimme: »Wir sind Profis.«

»Ach du Scheiße«, entfuhr es Maike. »Was genau bedeutet denn in dem Kontext ›viral‹?«

»Also das Video wurde innerhalb der letzten Stunde 150 000-mal geteilt und hat Aufrufe im Millionenbereich. Ich müsste das jetzt noch mal genau nachschauen«, gestand Gabi. »Aber das haben doch bis morgen alle wieder vergessen.«

»Ich glaube, mir wird schlecht.« Es geschah nicht oft, dass Maike aus der Fassung geriet, aber dieser Tag entwickelte sich zur Totalkatastrophe.

»Frau Graefe weiß es auch schon«, warf Nicholas von Marking ein. »Bürgermeister Herzog hat sie darauf hingewiesen und seine Hilfe bei der Schadensbegrenzung angeboten.«

Maike beschloss, dass ihr Mittagessen heute aus einer Marzipanorgie bestand. »Gabi, forderst du bitte die Unterlagen des Technikers von CryoYoung an? Der hat die Box ja vor Kurzem erst angeschlossen, und laut Britta Taft lief da alles sauber ab. Ich will Bilder und Protokolle, inklusive der geleisteten Unterschriften. Dann telefonier bitte mit der Taft und lass dir Name und Anschrift aller Angestellten geben, auch der Aushilfen. Wissen wir mittlerweile, wer alles einen Schlüssel besitzt?«

»Alles klar«, sagte Gabi, sichtlich froh darüber, dass das Thema Video abgehakt war. »Bei den Schlüsseln bin ich noch dran.«

»Ich telefoniere kurz mit Sandro, äh, Staatsanwalt Sandro. Grasso, meine ich.«

»Wir wissen schon, wen du meinst«, sagte Gabi mit einem unangebrachten Zwinkern.

Maike stapfte hinaus und richtete den Zeigefinger auf Nicholas von Marking. »Ich bin gleich wieder weg, wehe, Ihre Chefin taucht hier auf.«

Der Assistent schluckte, brachte ein verkrampftes Lächeln zustande und nickte.

Maike ging in ihr Büro und schloss bewusst langsam die Tür. Kurz atmete sie durch. Stille. Hinter der Rigipswand begann das Getuschel. Sie seufzte.

Ihr ergonomischer Stuhl begrüßte sie mit einem Quietschen. Maike nahm den Hörer von ihrem hässlichen Uralttelefon und rief die gespeicherte Nummer von Sandro mit einem Knopfdruck auf.

Unweigerlich glitten ihre Gedanken zurück zu jener unangenehmen Situation an Karneval. Plötzlich hatte Sandro in der Tür gestanden, während sie gleichzeitig einen Videocall mit Martin geführt hatte.

Am Ende war daraus eine Situation aus Ich-parke-einen-Mann-in-der-Küche-während-ich-das-Gespräch-mit-dem-anderen-beende geworden. Irgendwie war ab diesem Moment die Unbeschwertheit fort gewesen.

»Grasso«, meldete Sandro sich schnörkellos und unterbrach ihre Gedanken.

»Pech«, sagte Maike.

»Eigentlich bin ich ganz glücklich über den Namen«, gab er schlagfertig zurück.

»Haha, was sind wir heute aber gut gelaunt.«

»Nicht wirklich«, sagte er. »Das war ich, bis ich einen Livestream miterleben durfte, in dem der Finger einer Leiche durch die Luft flog. Ein paar andere haben da auch mitgeschaut, soll ich dir sagen, wie viele?«

»Es tut mir leid«, sagte Maike. »Ich wollte den verdammten Livestream gerade beenden, als Pöller reinkam. Und dann hat sich das verselbstständigt.«

»Genau wie hier. Dein Video geht aktuell durch alle Hierarchien hoch und runter«, erklärte er.

»Meinst du jetzt den aufgezeichneten Stream oder ...«

»Beides«, stellte er klar. »Jens ist zum ersten Mal nicht übermüdet und *trotzdem* übel drauf. Wenn ihm noch jemand auf dem Gang ›Wir sind Profis‹ zuraunt, wird er vermutlich ausrasten.«

»Haben wir denn die Freigabe für eine Obduktion?«
Stille.

»Es ist so nett, dass du ausnahmsweise mal fragst«, sagte Sandro schließlich. »Aber glaub mir, ich hatte die Anordnung schon unterschrieben, als die Leiche wackelte. Ganz Deutschland schaut uns jetzt über die Schulter. Ich hoffe wirklich, diese Influencer finden ganz schnell etwas Positives, das die Ermittlung in einem guten Licht erscheinen lässt.«

»Vielleicht können wir uns ja dieses Mal auf Brandt verlassen«, sagte Maike trocken.

»Denkst du?«, fragte Sandro.

»Das war ein Scherz! Diese schleimige kleine Kröte macht es eher noch schlimmer.« Sie zog leise an der Schublade und fischte ein Marzipanei heraus.

»War das ›die Schublade‹?«, fragte Sandro. »Die niemand außer dir öffnen darf?«

»Und wenn?«

»Lass dir das Marzipan schmecken, deinem Blutzuckerspiegel und deiner Laune kann es nur gut tun.«

»Dem gibt es nichts hinzuzufügen.« Ein herzhafter Biss und ihr ging es sofort besser. Der Mandelgeschmack breitete sich in ihrem Mund aus, dazu der Zucker und die leichte Bitternote der Schokolade. Sie seufzte.

»Wow, das geht bei dir echt schnell«, sagte Sandro.

Verdammt, er war ja noch am Apparat.

»Ja, also gut, wir werden uns dann jetzt mal das Zimmer der Toten ansehen. Vielleicht gibt es da Hinweise.«

»Schon irgendeine heiße Spur?«, fragte er.

»Dafür ist es noch zu früh. Pöller wird diesen manipulierten Stopper an der Tür überprüfen, aber so was ist nicht leicht umzusetzen. Auch der Anschluss dieser Stickstoffflaschen. Da war jemand am Werk, der sich mit all diesen Dingen auskennt.«

»*Ich* wüsste nicht, wie man so etwas bastelt«, gab Sandro offen zu. »Die wenigsten dürften das können. Ja, ich denke, ein Backgroundcheck aller Beteiligten bringt dich da sicher weiter. Viel Erfolg.«

»Ich halte dich auf dem Laufenden«, versprach sie.

»Keine Sorge, ich habe einen Praktikanten abgestellt, die Livestreams zu durchforsten und im Blick zu behalten. Ich habe da so eine Ahnung, dass ich auf dem Laufenden bleibe.« Sie konnte das Grinsen durch den Hörer förmlich vor sich sehen.

»Ja genau, mach mir nur Mut.«

»Notfalls gehe ich hier in den Laden und lasse dir von einem Boten Marzipan-Nachschub liefern«, sagte er.

»Das wäre ein Anfang.« Nun lächelte Maike. »Bis dann, Herr Staatsanwalt.«

»Bis dann, Frau Kriminalhauptkommissarin.«
Sie legte auf.
Und fühlte sich seltsamerweise richtig gut gelaunt. Das musste der Zucker sein. Maike warf die Verpackung des Marzipaneis in den Papierkorb und ging hinaus.

Wieder waren alle Smartphones auf sie gerichtet, was Maike beinahe wortwörtlich in den Abgrund befördert hätte. Sie stolperte ein paar Stufen und warf dem rempelnden Fan einen giftigen Blick zu.

»Beim nächsten Mal fliegst du.«
Glücklicherweise schnappte sich Lukas ihren Arm und so erreichten sie ohne weitere Zwischenfälle den

Ausgang. Über den Marktplatz ging es Richtung Friedhof, wo die Pension Raibach lag. Es wunderte Maike kein Stück, dass der umtriebige Pensionswirt sogar in der Zeitung für eine ›standesgemäße Unterbringung mit Blick ins Grüne‹ warb. Wer dann voller Freude anreiste, bekam eine Sicht auf die Fichten und Tannen des Friedhofs präsentiert. Dazu Uraltteppich, mit Plastikschutz bezogene Tische und überteuerte Getränke. Ein Hoch auf das Monopol.

Hinter der Tür schob Maike den Vorhang beiseite. In der Lobby wartete Janis Grupka, der Neffe vom Raibach. Die Semesterferien waren zwar vorbei, doch es war mit einem Blick erkennbar, weshalb sein Onkel ihn wieder zwangsrekrutiert hatte. Die Pension war voll. Vom Eingang aus hatte Maike eine astreine Sicht in den Frühstücksraum, wo Männer und Frauen über Laptops saßen oder auf ihr Smartphone tippten.

Die Invasion der Influencer hatte in der Pension Raibach Unterschlupf gefunden.

»Sexy!«, rief eine Influencerin im Vorbeigehen, ihr Blick tastete Lukas von oben bis unten ab. »Welche Marke ist denn das?«

»Die Uniform? Äh, Polizeistandard«, haspelte er.

»Nice, das google ich mal«, erwiderte sie und schenkte ihm ein Zwinkern.

Maike schlug sich die Hand vor die Stirn. »Ernsthaft? Was kommt als Nächstes? Die Marke Polizeistandard schafft den Durchbruch?« Sie stürmte auf Janis zu.

Ohne, dass sie eine Frage gestellt hatte, reichte er ihr den Zimmerschlüssel. »Erster Stock, hinten rechts. Wir haben nichts angefasst und niemanden hineingelassen.«

Maike nahm grinsend den Schlüssel entgegen. »Sie werden noch zum Profi.« Und hatte prompt Pöller vor Augen, mit Dellas Finger in der Hand.

»Nein danke, von Leichen habe ich genug«, sagte er.

Was sie ihm nicht verdenken konnte. Immerhin war er in der Pension seines Onkels bereits Zeuge gewesen, wie ein Gast zuerst mit einer Holzbüste bewusstlos geschlagen und im nächsten Schritt dank Blausäure ins Jenseits geschickt worden war.

Sie stieg mit Lukas die Treppe hinauf, dem gleich drei junge Frauen nachstarrten. Es folgte eine kurze Unterhaltung zwischen den beiden Damen, die Maike nichts Gutes vermuten ließ. Ein Kichern erklang und alle sahen auf ihre Smartphones. Sie wollte gar nicht wissen, was jetzt wieder geschehen war.

Mit dem Schlüssel öffnete sie die Tür.

Dellas Zimmer war aufgeräumt. Die Reisekoffer standen nebeneinander am Fenster, das Bett war gemacht, auf dem Tisch lag ein Stapel Papiere.

Maike streifte sich gleichzeitig mit Lukas die Gummihandschuhe über. »Dann schauen wir uns doch mal um.«

Lukas öffnete den Schrank. »Das hat ja mal ganz knapp hingehauen. Der ist randvoll.«

Maike linste hinüber. »Ich bin definitiv keine Fachfrau, aber diese Klamotten decken vermutlich unser Jahresgehalt ab.«

Lukas untersuchte sie, wobei er auch die Taschen prüfte.

Währenddessen nahm Maike das oberste Blatt auf dem Papierstapel zur Hand. Es war ein Beleg für die

Entgegennahme irgendwelcher Proben an die Praxis von einem Doktor Mergentaler.

Sie blätterte weiter durch den Stapel und erstarrte, als sie ein Papier mit aufgeklebten Buchstaben hervorzog. Noch mehr Klischee war für einen Erpresserbrief gar nicht möglich. Mit ziemlich ordinären Worten wurden Della, ihr Alter und ihr Körper beleidigt. Es war nicht der Einzige. Darunter folgten sieben weitere Briefe der gleichen Art, vermutlich vom selben Absender, da die Wortwahl sich ähnelte.

»Verdammter Mist«, fluchte Maike.

Diese Sache wurde immer undurchsichtiger. Offenbar gab es jemanden, der Della auf tiefstem Herzen gehasst hatte. Doch hatte derjenige sie auch umgebracht?

»Maike!«, erklang Lukas' Stimme. »Das solltest du dir ansehen.«

Sie erhob sich und betrat das Bad. »Versteckte Pillen in der Shampooflasche?«

»Simpler, aber mit mehr Gewicht«, sagte Lukas.

Er hatte den Kulturbeutel durchsucht und hielt einen länglichen Plastikstift in der Hand. So wirkte es zumindest auf den ersten Blick.

Maike begriff. »Ein Epi-Pen.«

Wer einen solchen bei sich trug, war in der Regel Allergiker, der in Gefahr geraten konnte, an seiner Allergie zu ersticken. Ob durch einen Wespenstich oder ein anderes Allergen, war unerheblich. Die Reaktion wäre so stark, dass ein Antiallergikum nicht ausreichte und der Notarzt unter Umständen zu spät eintraf.

»Wieso befindet sich der Stift hier?«, fragte Lukas. »Ich habe einen Cousin, der ist allergisch auf einen bestimmten Zusatzstoff, der in einigen Lebensmitteln vorkommt. Hat er schon dreimal versehentlich zu sich genommen und ist fast daran gestorben. Ohne seinen Epi-Pen geht der nicht aus dem Haus. Wenn Della auf irgendetwas so krass reagiert, dass es sie töten kann, dann hätte sie das Ding doch nicht hier gelassen.«

Maike nickte nachdenklich. Es war natürlich möglich, dass Della schlicht mehrere Pens besaß und dieser hier nur ein Ersatz war. Doch so etwas müsste ein persönlicher Sekretär wissen, ebenso die Assistentin – vermutlich sogar das ganze Team.

»Wir müssen jemanden aus dem Team unbedingt danach fragen«, sagte Maike.

In ihrer Tasche vibrierte das Smartphone. Eine Nachricht von Sarah war eingegangen. *Tantchen, das ist peinlich,* schrieb sie. Dazu ein Link. Maike tippte darauf und sah mit Schrecken, dass es ein weiteres Video im sozialen Netz gab. Es war nur wenige Sekunden lang.

Sie taumelte darin die Stufen im Rathaus hinab, Lukas stützte sie. Ihr rechter Mundwinkel wurde von einem gewaltigen Schokoladenfleck verziert, vermutlich Reste des Marzipanüberzugs. »Das nächste Mal fliegst du!«, ertönte es aus dem Lautsprecher. Darunter standen die Worte:

Böse Schoko-Oma ermittelt.

Der Influencer, mit dem sie auf der Treppe zusammengestoßen war, hatte sich gerächt.

Lukas linste von oben auf das Display, seine Augen weiteten sich.

»Ich hasse diesen Fall jetzt schon«, sagte Maike.

Und dabei ging es gerade erst los.

4. Kapitel

»Oh Shit.« Mira Tierbach stand vor dem Körper von Della DeLorain und starrte auf die bleiche Haut. »Wie ist das denn passiert?«

Zoe trug bereits Schutzkleidung. »Du bist nicht so aktiv im sozialen Netz, oder?«

»Ist mir zu toxisch«, erwiderte Mira.

Ihr kinnlanges rotes Haar war heute zu einem Zopf gebunden. Die Sektionsassistentin schien von innen heraus zu leuchten. Zoe vermutete einen neuen Freund oder ein leidenschaftliches Date, das noch nachklang.

Auf dem glatten Metall des Seziertisches lag die tote Della DeLorain. Sie hatte die Vierzig nicht erreicht, was einige lustig fanden, Zoe jedoch kein Stück. Alle Welt – inklusive Maike – machte sich verrückt wegen einer verdammten Zahl. Dabei kam es darauf an, gesund zu sein und das Leben zu genießen. Viele erreichten die vierzig überhaupt nicht …

Bevor der Gedanke an Billie sie aus der professionellen Routine werfen konnte, schüttelte Zoe entschieden den Kopf.

»Ist das eine Eisschicht?« Mira ging mit zusammengekniffenen Augen näher an den Leichnam heran.

»Sie war in einer Cryobox«, erklärte Zoe. »Vaporisierter Stickstoff ist eingeströmt.«

Überall an der Leiche befanden sich Gewebeschäden durch das Einfrieren und Auftauen. Die Gase hatten sich im Inneren des Körpers wieder ausgedehnt und eine Zellzerstörung bewirkt. Auf der Haut befanden sich Blasen, darüber hinaus war der Körper äußerlich intakt – sah man von dem kleinen Finger ab, den Pöller kleinlaut in einer Plastiktüte mit abgeliefert hatte.

»Thomas lädt gerade noch die Daten des CTs auf das Tablet«, erklärte Zoe.

»Tut mir leid, dass ich zu spät gekommen bin, wäre ja mein Job gewesen.« Bei diesen Worten kräuselten sich Miras Mundwinkel und deuteten ein Lächeln an.

Also ein Kollege?, dachte Zoe. Immerhin war die Mittagspause nicht allzu lang gewesen.

»Kein Problem, Thomas kann das ruhig auch mal machen. Und Della läuft uns ja nicht weg«, sagte Zoe.

Endlich erklangen Thomas' Schritte und er kam hereingestürmt, das Tablet schwenkend. »Wie vermutet.« Er hielt es ihr hin und begrüßte gleichzeitig Mira. »Tja, bei dem Anblick sieht man das Vereisen von Warzen in einem völlig neuen Licht.«

In der Neonbeleuchtung des Obduktionssaals wirkte er mit seinen kurz geschorenen Haaren und der Nickelbrille irgendwie kränklich.

Zoe betrachtete das Tablet. Es gab großflächige Organschäden. Irgendetwas nagte an ihr. »Hatten wir schon einmal etwas Ähnliches?«

»Wir nicht«, erklärte Thomas. »Aber da war doch vor acht Jahren diese Sache in Nürnberg.«

Zoe schnippte mit den Fingern, die Erinnerung war da. Damals hatte jemand einen ungeliebten Kollegen bewusstlos geschlagen und ihm ein Vollbad in einem Stickstoffbecken verschafft. Unschöne Sache. Trotzdem wusste Zoe nicht so richtig, was genau sie störte.

Mira schnappte sich das Diktiergerät und schaltete es, auf Zoes Nicken hin, ein.

Sie begann mit dem klassischen Prozedere. »Obduktionsleitung Dr. Zoe Iyeke Schwäfel und Dr. Thomas Schmitt. Assistenz durch Sektionsassistentin Mira Tierbach. Bei der Leiche handelt es sich um Jessica Staub, Künstlername ist Della DeLorain, weiblich, weiß, neununddreißig Jahre. Die Todesart war eine massive Aussetzung von Stickstoff vaporisierter Art, der eingeatmet und auf dem Körper aufgetragen wurde. Todeszeitpunkt ist der heutige ...« Sie warf einen Blick auf die Uhr, nannte das Datum und die Uhrzeit. »Durch Computertomografie wurden multiple Organschäden festgestellt, ebenso äußerliche Gewebeschäden. Wir beginnen mit der Probenentnahme.«

Mit schnellen Bewegungen arbeiteten sich Thomas und sie am Körper entlang, entnahmen Proben von Haut, Wunden sowie der Eisschicht. Erst im zweiten Schritt fand die Öffnung des Torsos statt. Zoe und Thomas gingen routiniert vor.

»Sie hat den Stickstoff eingeatmet und dieser lag in einer so konzentrierten Form vor, dass er die Schleimhäute ›verbrannt‹ hat. Der Todeseintritt ist nahezu sofort passiert.« Zoe seufzte. »Aber das passt nicht ganz.«

Thomas hielt in der Bewegung inne. »Wieso?«

»Flüssiger Stickstoff hätte die Schleimhäute quasi verdampft und die Organe wären auf das 1000-fache

Volumen angeschwollen, Lunge und Magen wären quasi explodiert. Ein abruptes Schockfrosten eines solchen Körpers ist gar nicht so leicht, weil die Kühlung länger durchgeführt werden müsste. Außerdem ginge das nur, wenn der Tank vollständig geschlossen wäre, dann hätte es aber einen Druckanstieg gegeben. Wir hätten quasi live erlebt, wie das ganze Ding explodiert.«

»Ich will mir gar nicht vorstellen, was für Klickrates das gegeben hätte«, kommentierte Thomas.

»Dazu sage ich jetzt mal nichts«, erwiderte Zoe. »Die arme Frau. Von allen Seiten unter Druck, muss ständig etwas abliefern, wird von allen eingeschätzt und von Hatern fertiggemacht. Ich weiß schon, weshalb ich keinen Auftritt in den sozialen Netzen habe.«

»Da gibt es aber auch verdammt spannende Kanäle«, entgegnete Thomas. »Informative. Es gibt da einige Rechtsmediziner – ehrlich gesagt, habe ich schon überlegt, ob wir einen eigenen Kanal anlegen sollten. Deine Freundin« – er deutete mit dem Skalpell auf Zoe – »könnte auch immer wieder Gastauftritte haben.«

Bei dem Gedanken konnte Zoe ein lautes Auflachen gerade noch unterdrücken. »Ich glaube, Maike hat für den Rest ihres Lebens genug von Videos oder Auftritten in Livestreams.«

Mira knabberte auf ihrer Unterlippe und betrachtete Della. »Aber wie ist sie denn dann gestorben?«

»Das ist die große Frage«, sagte Zoe. »Ich denke durchaus, dass es der Stickstoff war. Sie wurde mit einer hohen Konzentration direkt besprüht. Alles wurde sofort eingeatmet, was definitiv zu Verbrennungen geführt hat – und damit auch zum Tod. Dass der Finger einfach abgebrochen ist, macht klar, dass die Vereisung – also die Schockfrostung – gerade bei den kleineren Gliedmaßen sehr schnell erfolgt ist.«

Thomas nickte langsam. »Aber das hätte nicht so schnell und – sorry für den Ausdruck – sauber zum Tod geführt.«

Zoe schnalzte mit der Zunge. »Genau das ist es. Ich habe den Livestream auch gesehen, meine Tochter hat mir die ganze Woche damit in den Ohren gelegen, dass sie ihn nicht verpassen möchte. Und dann ist es auch direkt wieder vorbei und sie darf einen Mord live miterleben.«

»Könnte Gift eine Rolle spielen?«, warf Mira ein. »Jemand hat sie bereits zuvor vergiftet?«

»Wir können ein toxikologisches Gutachten veranlassen, aber das wäre vom Timing her schon ein seltsamer Zufall. Die Wirkung hätte exakt dann einsetzen müssen, wenn der vaporisierte Stickstoff in Aktion tritt. Das lässt sich kaum planen. Und soweit ich mich erinnere, sah sie vorher recht fit aus.«

Zoe hatte nicht mit Schwierigkeiten gerechnet, weil die Todesursache anfangs so eindeutig gewesen war. Doch plötzlich befanden sie sich wieder mitten in ihrer Holmes-Watson-Runde. Fakten analysieren, aber auch Theorien spinnen.

Mira beugte sich näher an Dellas Gesicht und runzelte die Stirn. »Was ist das an den Lippen?«

Zoe nahm ein Wattestäbchen und strich über das Gewebe. Die Mischung aus Lippenstift und Vereisung hatte etwas verdeckt. Es gab mehrere Schwellungen. »Seltsam. Selbst mit dem Lippenstift hätte man das sehen müssen.«

»Moment, ich überprüfe das mal.« Mira nahm das Tablet, ließ die Aufnahmen des CTs verschwinden und öffnete Dellas Kanal. Dort war das Video gespeichert. »Also die haben definitiv Filter benutzt, die Lippe sieht glatt aus.«

»Da muss Maike jemanden dransetzen, der alle alten Videos prüft«, sagte Zoe. »Aber ich gehe jede Wette ein, dass sie immer Filter eingesetzt hat.«

»Das ist gar nicht so unüblich«, erklärte Thomas. »Ein wenig Weichzeichner und schon sieht das Gesicht um Jahre jünger aus. Die Haare abdunkeln und zack – wirken sie dichter. Ein warmer Schein und der Glow ist perfekt.«

Verdutzt schaute Zoe ihn an. »Da kennt sich aber jemand gut aus.«

»Wie gesagt, ich habe darüber nachgedacht, dass wir einen eigenen Kanal aufbauen könnten«, erklärte er. »Das wäre auch für deine Studierenden gar nicht schlecht. Die könnten sich dort informieren. Das gäbe direkt einen riesigen Schwung an Followern.«

Zoe stoppte seine Gedanken. »Schlag dir das aus dem Kopf. Ich will gar nicht daran denken, was das für rechtliche Folgen haben könnte.«

Thomas versuchte es noch einmal. »Das bekämen wir doch bestimmt hin. Und mit der ganzen Aufmerksamkeit um Della –«

»Sollten wir uns nicht wieder auf das Wesentliche konzentrieren?«, fragte Mira. »Nämlich auf die Frage, wie sie jetzt eigentlich gestorben ist?«

Zoe nickte ihr dankbar zu. »Meine Vermutung ist, dass es im Stickstoff eine Beimengung gab. Das geht jetzt weit in die Chemie, da müsste ich mich erst einlesen.«

»Eine Zweitsubstanz im Stickstoff ...« Thomas schürzte die Lippen. »Möglich. Aber die Reaktion und Wirkung ist, ohne dass wir wissen, *was* beigemengt wurde, schwer abzuschätzen, oder nicht?«

»Wir müssen die angeschlossenen Tanks überprüfen lassen«, sagte Zoe. »Und den Tank selbst.«

»Pöller hat doch schon großflächig Proben genommen«, entgegnete Thomas. »Müsste das nicht reichen?«

»Aber er hat nicht auf Kontaktgifte untersucht. Falls jemand diese angebracht hat, wäre das Timing erklärbar«, sagte Zoe. »Della steigt in den Tank ... aber was berührt sie?«

»Sie trug keine Handschuhe oder Stiefel, lediglich einen Bikini«, erklärte Mira, die noch immer auf das Tablet schaute. »Ihr persönlicher Sekretär hat die Tür aufgehalten und hinter ihr geschlossen.«

Zoe betrachtete die Schwellungen an der Lippe. »Das Schminken ist vermutlich am Morgen erfolgt.« Sie zog ein Röhrchen heran und nahm einen Abstrich. »Hiervon brauchen wir auch eine Untersuchung. Möglicherweise wurde da etwas über einen langen Zeitraum angereichert.«

Thomas fing ihren Blick auf. »Aufbau eines Spiegels im Blut, um dann mit einem finalen Katalysator auszulösen? Aber mit vaporisiertem Stickstoff passt das alles nicht zusammen.«

Was Zoe klar war. Hier gab es ein Rätsel, das es zu lösen galt. Einfach werden würde es nicht. Sie kannte sich zu wenig mit dieser Todesart aus; so etwas bekam man selten zu sehen.

Das Prozedere ging weiter.

»Der Mageninhalt ist überschaubar«, sagte Thomas. »Alles leer. Sie hat eindeutig nicht gefrühstückt.«

»Wundert mich jetzt nicht«, kam es von Mira. »Das hört man doch oft auch von Schauspielern. Bevor die eine Nacktszene haben, wird nichts gegessen, damit alles gut aussieht. Manche trinken einen Proteinshake, aber das war's. Die Spusi hat direkt vor Ort in Dellas Tasche auch noch Kreatin gefunden.«

»Echt jetzt?« Thomas sah von seiner Arbeit auf. »Das nimmt ein Freund von mir. Damit kann man kurzfristig eine Leistungssteigerung im Sport auslösen, es reichert sich im Muskel an und zögert bei Belastung die Müdigkeit hinaus.« Sein Gesichtsausdruck wurde nachdenklich. »Einige Sportler-Freunde nehmen das regelmäßig, um den Körper schneller zu ... formen.«

Zoe kannte Kreatin. Es war ein simples Nahrungsergänzungsmittel, das völlig unbedenklich eingenommen werden konnte. Es war in jedem Online-Shop erhältlich. Doch wieso nahm Della etwas Derartiges? Sie sah für ihr Alter überraschend jung aus, hatte reine Haut gehabt und hatte sich – wie zahlreiche Livestreams verrieten – auch sportlich betätigt.

»Waren weitere Nahrungsergänzungsmittel in der Tasche?«, fragte Zoe.

Mira studierte die Liste auf dem Tablet. »Kleine Trinkampullen mit Vitamin B6 und B12.«

»Das ist alles auf Leistungssteigerung ausgerichtet«, sagte Thomas. »Aber mit natürlichen Mitteln. Nichts Ungewöhnliches.«

»Wirft ein ziemlich klares Bild auf ihren Zustand«, murmelte Zoe. »Leistungsfähiger werden, dem Altern entgegentreten, Schönheit herausstreichen.«

Auf Zoe machte Della den Eindruck einer getriebenen Person voller Angst. Angst davor, vergessen zu werden. Angst davor, dass ihre Follower sich abwendeten. Angst vor dem äußerlichen Verfall. Möglicherweise auch vor Altersgebrechen. Sie ging jede Wette ein, dass Della Single gewesen war. Es hatte niemanden gegeben, der ihre Ängste kompensierte, sie stützte. Nicht unbedingt der beste Fall für Maike, ein Tag vor ihrem Geburtstag.

»Vielleicht brauchen wir heute Abend doch mehr Alkohol«, überlegte Zoe. »Das wird sonst eine trübsinnige Angelegenheit.«

»Ja, so ein Vierzigster.« Thomas nickte schwer, er wusste natürlich, dass Maike ›morgen fällig war‹, wie er es nannte. »Aber das schafft sie schon.«

»Ihr Männer habt da gut reden«, mischte Mira sich ein. »Bei euch bedeutet Alter eine Reife, die euch anziehend macht. Wir Frauen hingegen verlieren dann gegen jüngere, die mit Filtern geschönte Bilder im sozialen Netz posten. Eine Freundin von mir war mit einem Fahrlehrer verheiratet ... ich fang gar nicht erst an. Sein Auto sollte mal mit Schwarzlicht untersucht werden.«

Zoe schmunzelte bei ihren Worten, obgleich nichts Lustiges daran war. Sie war dankbar für Mark und ihre Familie. Sich in der heutigen Zeit zu daten musste grauenvoll sein. Alles war auf Hochglanz poliert, die Realität konnte unmöglich mit der puppenhaften Schönheit gestellter Bilder mithalten.

Sie erlebte zuhause mit Sarah, wie gefährlich das war. Obgleich ihr Freund sie vollkommen akzeptierte, war sie mit ihrem eigenen Körper nicht zufrieden. Ein Minderwertigkeitskomplex jagte den nächsten, und Zoe gab ihr Bestes, diese in langen Gesprächen zu neutralisieren. In einem Artikel hatte sie davon gelesen, dass bereits sehr junge Mädchen an Schönheitsoperationen dachten, sie sogar durchführen ließen. Bei Jungs ging der Trend eher in Richtung Fitnessstudio bis hin zu gefährlichen Muskelaufbaupräparaten.

»Irgendwie hat unsere Gesellschaft eine falsche Drehung bekommen«, sagte sie.

»Mit einem eigenen Kanal auf den sozialen Medien – ohne Filter – könnten wir das geraderücken«, warf Thomas sofort ein.

Zoe schüttelte nachdrücklich den Kopf und begann damit, den Abschluss der Obduktion einzuleiten.

»Oh«, sagte Mira. »Ich habe das Diktiergerät die ganze Zeit laufen lassen.«

»Das wird dann aber bitte mit abgetippt«, sagte Thomas schmunzelnd. »Bestimmt will Staatsanwalt Grasso das gerne lesen.«

»Ich werde zensieren«, sagte Zoe trocken.

Sie schlossen die Leiche, nachdem alle Probe- und Organentnahmen abgeschlossen waren. Den Rest würde die Toxikologie erledigen.

Als Thomas und Mira gegangen waren, betrachtete Zoe gedankenverloren Dellas Körper. Sie war froh darüber, bei jeder Untersuchung eine saubere Distanz wahren zu können. Dieser Fall ging ihr jedoch überraschend nahe.

»Ich hoffe, sie finden denjenigen, der dir das angetan hat«, sagte Zoe.

Langsam verließ sie den Obduktionssaal.

5. Kapitel

»Wie geht es meinen Profis?«, sagte Zoe.

Maike hielt den Hörer an ihr Ohr und spielte verschiedene Todesarten durch, die ihre beste Freundin verdiente.

»Zu früh?«, fragte Zoe.

»Warte, bis ich dich mit einem Blutfleck in deinem Obduktionssaal filme, daraus ein Video mache und das mit ›Horror-Tante‹ betitele.«

»Es tut mir leid.« Zoe wirkte ehrlich geknickt.

Maike lehnte sich im Stuhl zurück, bewegte ihren Nacken und durchdachte das Für und Wider eines weiteren Brockens Marzipan. Sie hat irgendwo noch welches ohne Schokolade. »Also was gibt es?«

»Komplizierte Geschichte.« Zoe fasste das Ergebnis der Obduktion zusammen. »Letztlich war die Todesursache zwar durchaus der vaporisierte Stickstoff, der in viel zu hohen Mengen eingeatmet wurde, aber da muss noch etwas anderes mitspielen. Wir haben massive Verletzungen an den Schleimhäuten, Gewebeschäden an den Organen. Und dazu gibt es die Sache mit dem Ausschlag.«

Maike erinnerte sich an den Brief, der bei Lukas auf dem Tisch lag. Sie hatte ihn gebeten, die Praxis Mergentaler zu kontaktieren und den Mediziner durchzustellen. Da gerade Mittagspause war, würde das allerdings erst in fünfzehn Minuten möglich sein.

»Lukas schaut sich ein Video nach dem anderen an, ich unterstelle ihm so langsam, dass ihm das Spaß macht«, erzählte Maike. »Aber wenn diese Filter überall genutzt wurden, werden wir vergeblich nach Ausschlägen oder Hautreaktionen suchen. Der gefundene Epi-Pen hat uns auf jeden Fall verraten, dass Della Allergikerin war.«

»Habt ihr denn Zugriff auf den Social-Media-Kanal?«, fragte Zoe und nahm die zweite Information schweigend zur Kenntnis.

»Das Smartphone von Della hat sich automatisch gesperrt, aber glücklicherweise besitzt ihre Assistentin Zugriff auf den Social-Media-Account, sie hat wohl öfter Beiträge vorbereitet, die zu einem späteren Zeitpunkt automatisiert online gegangen sind. Gabi besorgt sich gerade die Daten, damit wir wenigstens darauf zugreifen können. Da das Ganze auch noch mit Zweifaktorauthentifizierung geschützt ist, muss sie sich einloggen und die Assistentin das gleichzeitig über das Smartphone bestätigen. Ich schwöre dir, wir müssen die Leute wieder dazu erziehen, dass sie einfache Passwörter benutzen.«

»Du meinst: Eins, zwei, drei, vier?«, schlug Zoe vor.

»Oder: Passwort, als Wort.« Maike kicherte. »Das hatten wir in einem Fall, der war dann recht schnell gelöst.«

Hier würde es aber wohl nicht so ablaufen. Ihr Instinkt wies in Richtung: *Es wird kompliziert und Maike wird graue Haar davon bekommen.*

»Du bist dann heute Abend pünktlich, ja?«

»Zoe Iyeke Schwäfel«, sagte sie gefährlich leise, »wehe ich komme bei dir an und Jens springt leicht bekleidet mit Luftschlange aus einer Torte.«

Nachdem das Konzert – und eine Flucht nach Hamburg – leider ausgefallen war, würde Maike das Ende ihrer Jugend mit ihrer besten Freundin, ihrem Bruder, den Zwillingen und dem Teenager-Monster feiern. Ihre Mutter würde ebenfalls dabei sein, was Maike ein Lächeln ins Gesicht zauberte. Darüber hinaus brauchte sie aber niemanden, und vor allem keine Überraschungsparty.

»Keine Sorge«, stellte Zoe klar. »*Ich* würde niemals eine Überraschungsparty für dich planen. Und wenn doch, gäbe es mindestens einen *professionellen* Stripper. Andernfalls könnte ich gleich nach Niederteerbach fahren und mich vor einen Mähdrescher werfen.«

»Gäbe bestimmt eine faszinierende Obduktion«, sagte Maike.

»Nicht wirklich, ist einfach nur ein unangenehmes Gematsche«, erwiderte Zoe. »Glaub mir, es gibt nichts, was ich nicht schon auf dem Tisch hatte.«

»Aber keine schockgefrostete Leiche?«, hakte Maike ein.

»Der Punkt geht an dich. Aber du stolperst ja ständig über diese seltsamen Todesarten«, sagte Zoe. »Wir können langsam Wetten darauf abschließen.«

»Na, eure Mittagessenswette wird ja auch irgendwann langweilig.« Maike gähnte und beschloss, demnächst einen Kaffee bei Harald zu holen. »Ist ja ständig Currywurst.«

»Nicht in Dellas Fall«, erklärte Zoe. »Das war ein Eiweißshake, sonst nichts. Hätte mich nicht gewundert, wenn sie im Verlauf des Tages einen Kreislaufkollaps bekommen hätte. Bevor ich in eine Kältekammer steige, die gekühlt wird, esse ich gefälligst vernünftig.«

»Apropos: Was gibt es denn heute Abend?«, fragte Maike.

»Ausnahmsweise exakt das, was du dir gewünscht hast«, erwiderte Zoe.

»An der Euphorie arbeiten wir aber noch, ja? Ab vierzig muss das sitzen.«

»Ich hasse dich«, stellte Maike klar.

»Ich dich mehr«, sagte Zoe liebevoll.

Sie beendeten das Gespräch und Maike verließ das Büro. Eine Rigipswand weiter saßen Gabi und Lukas an ihren Tischen, die Mittagspause war bereits vorbei.

»Habt ihr etwas Neues?«, fragte sie.

Gabi kaute gerade auf den Resten ihrer Mittagsstulle. Lukas saß wie immer kerzengerade und wirkte irgendwie ... euphorisch.

»Ich habe mich tiefer mit der Materie befasst«, erklärte er. »Eigentlich habe ich ja schon länger einen Account.«

»Ach?«, sagte Maike.

»Aber der ist nie so richtig in Gang gekommen«, sprach Lukas weiter. »Das hat sich geändert. Heute Morgen habe ich die 10 000 Follower geknackt. Aus irgendeinem Grund finden ziemlich viele Influencerinnen und einige Influencer meine Uniform überaus ansprechend.«

Maike starrte ihn an und fragte sich, ob sie ihm klar machen sollte, dass es bei diesem ›ansprechend‹ nicht um die Uniform ging, sondern denjenigen, der darin steckte. Sie zweifelte keine Sekunde daran, dass es eine Menge Personen beiden Geschlechts gab, die Lukas anziehend fanden.

»Es freut mich ja total, wenn deine Followerzahl hochgeht, doch wirklich«, sagte sie. »Ich als Schoko-Oma bin da völlig offen.«

Lukas wurde rot. »Das war wirklich gemein. Aber seitdem gab es keine neuen Videos mehr. Nur noch die Kommentare.«

Maike setzte gerade an, um den Fokus auf den Fall zu lenken, stoppte jedoch. »Welche Kommentare?«

»Ähm«, sagte Lukas.

»Mehr Worte«, verlangte Maike.

»Da geht es genau genommen gar nicht um dich«, sagte Lukas heiser.

»Sondern?«

»Deine Kleidung. Und die Haare. Außerdem geben einige Influencer und Influencerinnen Tipps für Hautcreme, Make-up und Botox. Aber ich halte davon ja gar nichts.«

»Ich habe eine innere Mitte.« Maike atmete langsam ein und wieder aus. »Gibt es irgendwelche positiven Fortschritte bezogen auf den Fall?«

»Also ich konnte mittlerweile Dellas Hintergrund überprüfen«, sagte Gabi. »Es gibt da außer ein paar Geschwindigkeitsübertretungen nichts in der Akte. Was seltsam ist.«

Maike nickte, die Stirn gerunzelt. »Dieser Stapel mit den Hassbriefen war doch recht hoch. Ich bin davon ausgegangen, dass sie Anzeige gegen Unbekannt erstattet hat. Das ist dann wohl nicht der Fall.«

»Vielleicht hat sie sich keine großen Chancen auf Erfolg ausgerechnet«, sagte Gabi.

»Bei einem einzelnen Brief könnte ich das ja verstehen, aber bei solch einem Stapel?« Maike schüttelte den Kopf. »Mich hätte das beunruhigt. Man möchte doch, dass da ermittelt wird.«

In ihren Gedanken wirbelten die Briefe mit dem EpiPen und dem Schreiben des Arztes um die Wette. Sie weihte Lukas und Gabi in das Ergebnis der Obduktion ein.

»Das ist wie immer vorläufig«, schloss Maike. »Der offizielle Bericht folgt noch.«

»Also von einer Allergie oder einer allergischen Reaktion auf ein Produkt hat Della in ihren Videos und Posts nie etwas erwähnt«, sagte Lukas. »Aber vielleicht wollte sie einen guten Sponsorenvertrag nicht gefährden.«

»Wie meinst du das?«, fragte Maike.

»Na ja, sie hatte mit Herstellern zahlreicher Markenartikel Verträge, das bezog sich auf Schminkprodukte, Hautcremes, Ampullen und Seren«, erklärte er.

»Ich nehme da einfach eine Creme«, sagte Maike mit einem Schulterzucken.

Lukas seufzte. »Das ist der größte Fehler. Cremes sind meist sehr reichhaltig. Je nach Hauttyp ist das gar nicht gut. Ich habe zum Beispiel eine Mischhaut, die dann schnell glänzt. Deshalb ist da eine Mischung aus Serum und Lotion am geschicktesten.«

Maike starrte ihn an und Gabi fiel tatsächlich die Kinnlade ein Stockwerk tiefer.

»Was ist?«, fragte Lukas.

»Behandlung mit vaporisiertem Stickstoff, wandelndes Lexikon zu Schönheitsprodukten ... vielleicht sollte Gabi die Recherche in den Streams übernehmen«, schlug Maike vor.

»Das ist jetzt aber schon ein wenig diskriminierend«, sagte Lukas. »Nur weil ich ein heterosexueller Mann bin, soll ich mich also nicht für eine vernünftige Pflege interessieren?«

Jetzt war es an Maike, sich schuldig zu fühlen. »Das war natürlich nur ein Scherz. Mach ruhig weiter. Aber vielleicht kannst du noch mal in der Praxis von diesem Doktor ...?«

Lukas blickte auf seine Notizen. »Mergentaler.«

»... anrufen«, vollendete Maike den Satz. »Ich muss wissen, was Della da eingeschickt hat.«

»Wird gemacht«, versprach er.

»Wir bekommen die Unterlagen zum Einbau der Stickstofftanks bis morgen«, sagte Gabi. »Die Firma hat zugesagt, uns bei der Aufklärung dieser Tat zu unterstützen. Die haben wohl Angst vor schlechter Presse.«

»Hätte ich auch, wenn jemand in meiner Eisbox schockgefrostet worden wäre«, erwiderte Maike.

Sie kehrte zurück in ihr Büro, um auf das Gespräch mit Doktor Mergentaler zu warten. Es dauerte lediglich fünf Minuten, dann klingelte das Telefon. Ein kleines

Lämpchen zeigte an, dass es ein interner Anruf war. Maike nahm ab.

»Ich habe den Arzt in der Leitung«, sagte Lukas. »Stelle durch.«

Es klickte kurz.

»Doktor Mergentaler«, grüßte Maike. »Hier ist Kriminalhauptkommissarin Pech aus Niederteerbach.«

»Was kann ich denn für Sie tun?«, erklang eine rauchige Stimme, die auf höheres Alter und Tabakkonsum hindeutete. »Wie ich Ihrem Assistenten schon sagte, ist das Wartezimmer voll.«

»Sie meinen Polizeikommissar Lukas Yilmaz«, stellte Maike klar. »Ich verspreche, es wird nicht lange dauern. Ist aber wichtig.«

»Das ist ein potenzieller Blinddarmdurchbruch auch«, kam es prompt zurück. »Wissen Sie, wir Hausärzte werden ja oft unterschätzt. Die Chirurgen, ja, das sind die Halbgötter in Weiß.«

Sie wollte gar nicht wissen, welcher Chirurg Mergentaler über die Leber gelaufen war. »Oh, also ich nehme meine Hausärztin sehr ernst«, bekräftigte Maike. »Aber Sie kontaktiere ich wegen Della DeLorain.«

»Wer?«, fragte er verblüfft.

»Entschuldigung, ich meine Jessica Staub.« Sie ärgerte sich darüber, vollkommen auf dem Künstlernamen festzuhängen. »Sie hat Ihnen etwas zugeschickt?«

Stille senkte sich über das Gespräch.

»Was ist passiert?«, fragte Mergentaler.

»Es tut mir leid, aber Frau Staub ist nicht mehr am Leben. Sie erlag einem folgenschweren Unfall, in dem wir nun ermitteln«, erklärte Maike.

»Sie sind Kriminalhauptkommissarin, Sie untersuchen keinen simplen Unfall«, sagte der Arzt.

Maike überging die Frage. »Was können Sie mir zu den eingeschickten Dingen sagen?«

»Es handelte sich um einen Energydrink, Lippenstift und Make-up«, erklärte Mergentaler überraschend bereitwillig. »Frau Staub hat zu den Details geschwiegen, doch ich vermute, sie wollte Allergene ausschließen. Sie reagierte sehr stark auf Zitruskomponenten, die in geringen Mengen vielfach in Nahrung vorkommen, dazu auf einige Konservierungsstoffe.«

»Und diese Dinge sind in Kosmetikprodukten zu finden?«, fragte Maike.

»Eher selten«, erklärte Mergentaler. »Das habe ich ihr auch gesagt, doch Frau Staub wollte eine Laboruntersuchung. Da lag eine Dringlichkeit in ihrer Stimme ... ich wollte ihr das nicht ausreden. Außerdem war es eine IGeL-Leistung, sie hat also selbst bezahlt.«

Maike hatte sofort die Stimme ihrer Mutter im Ohr, die sich regelmäßig über die Kosten für individuelle Gesundheitsleistungen – kurz IGeL – beschwerte. »Können Sie mir sagen, wann die Ergebnisse erwartet werden?«

»Die sind schon da«, erwiderte Mergentaler.

»Und wären Sie so freundlich, mir zu sagen, wie sie lauten?«

Im Hintergrund raschelte Papier, was in Maike das untrügliche Gefühl bestärkte, dass die Digitalisierung bei Dellas Hausarzt noch keinen Einzug erhalten hatte.

»Ja, also das ist eindeutig«, erklang die Stimme des Arztes.

Stille folgte.

»Können Sie das für mich ein wenig ausführen?«, fragte Maike.

»Es gibt keinerlei Spuren von fremden Substanzen in den eingereichten Proben«, sagte Mergentaler. »Frau Staub hat sich umsonst Sorgen gemacht.«

Er wirkte erleichtert. Vermutlich hätte es seinem Ruf als Hausarzt geschadet, wenn eine seiner Patientinnen über einen längeren Zeitraum unbemerkt vergiftet worden wäre.

»Wir haben an den Lippen von Frau Staub einen Ausschlag entdeckt.« Maike vermied mit Absicht das Wort ›Leiche‹ in diesem Zusammenhang. »Können Sie sich das erklären?«

»Allergiker haben öfter Probleme mit Neurodermitis oder es bilden sich Ausschläge«, erklärte Mergentaler. »Wenn da verschiedene Faktoren zusammenkommen – Mikrorisse, eine Infektion, eine allergische Reaktion –, kann das recht heftig ausfallen. Es gibt Patienten, die können sich problemlos die Haut von den Fingern ziehen. Das beginnt mit leichten Bläschen, wird aber täglich schlimmer.«

»Was macht man in so einem Fall?«, fragte Maike.

»In der Regel bringt eine Kortisonsalbe schnelle Linderung«, erklärte er. »Für weitere Fragen müssten Sie einen Dermatologen kontaktieren. Mich hat Frau Staub jedenfalls nicht mit dem Ausschlag aufgesucht, sonst hätte ich ihr natürlich ein entsprechendes Medikament verschrieben.«

»Selbstverständlich«, sagte Maike. »Wann haben Sie Frau Della ... äh, Staub, denn das letzte Mal gesehen?«

Dieses Mal war das Klacken einer Tastatur im Hintergrund zu vernehmen. »Das ist jetzt gut zwei Jahre her. Ab nächstem Jahr hätte sich das geändert.«

»Warum denn das?«

»Ihr stand ja die Vierzig bevor«, erklärte Mergentaler. »Da sollte man regelmäßig zur Vorsorgeuntersuchung gehen. Leider nehmen das noch immer viel zu viele Leute nicht ernst. Dabei kann das Leben retten. Wie alt sind Sie denn, Frau Kommissarin?«

»Also das ... ich meine ...«, stotterte Maike. »Tut doch nichts zur Sache.«

»Verstehe. Steht also kurz bevor, der Übergang, was?« Sie konnte das schwergewichtige Nicken des Mannes durch die Leitung sehen.

Bevor Maike sich dazu hinreißen lassen konnte, ihn nach seinem möglichen Tabakkonsum und Gewicht zu befragen, bedankte sie sich für die Auskunft. Das Klacken, das das Ende des Gesprächs verkündete, hatte etwas Erlösendes.

»Ich sollte mir morgen frei nehmen und untertauchen«, murmelte sie.

Leider war das mit einer Entourage an Influencern und Fans, der lokalen Presse und einem Chef, der Ergebnisse wollte, schwierig bis unmöglich.

Sie warf einen Blick auf die Uhr. Bis zum Essen bei Zoe und Mark hatte sie noch ein paar Stunden Zeit, da bot es sich doch geradezu an, eine Stippvisite in Köln einzulegen. Maike verließ das Büro und bat Gabi, die entsprechenden Vorbereitungen sowohl rechtlicher als auch ... technischer Natur einzuleiten. Von Lukas ließ sie sich die Adresse geben.

Minuten später saß sie im Auto und steuerte dieses aus Niederteerbach heraus in Richtung Köln.

6. Kapitel

Maike war stolz auf sich.

Sie hätte natürlich die achtzigjährige Omi im Mercedes hupend überholen und ihr verbal verdeutlichen können, was sie davon hielt, dass sie ein Verkehrshindernis darstellte. Bei erlaubten hundertzehn Richtgeschwindigkeit fuhr man einfach keine vierzig. Stattdessen lächelte sie ihr nett zu, glitt ohne Hupen an ihr vorbei und überließ das der nächsten Streife. Schließlich wurde jeder mal alt. Und die Achtzig war gar nicht so weit entfernt von der Vierzig.

Sie warf einen Blick auf das Armaturenbrett. Es war jetzt sechzehn Uhr, sie konnte sich also problemlos Zeit nehmen, um die Wohnung von Della DeLorain zu durchsuchen. Glücklicherweise tat sich gerade eine Parklücke in der Nähe auf, die sie sich sofort schnappte. Maike stoppte den Motor, stieg aus und betrachtete die Umgebung.

Köln-Kalk lag rechtsrheinisch und sie fühlte sich bei dem Namen gleich noch älter. Kalk gehörte zu den Stadtteilen, die sie nicht so gut kannte. Die meisten Mietshäuser entstammten den 1950er- und 1960er-Jahren, dazwischen gab es viele Lücken und Industrie. Multikulti-Touch inklusive.

Nicht gerade der Ort, an dem Maike Della verortet hätte. Wo war die prachtvolle Stadtvilla?

Sie ging über unebenen Asphalt, vorbei an einer Kneipe zu einem Hinterhofdurchgang. Es roch nach tagealtem Müll und Pisse. Sie schenkte im Vorbeigehen den Mülltonnen einen Blick und betrachtete die Innenhoffassade, von der der Putz bröckelte. So erreichte sie den Eingang eines Hinterhauses.

Ein bulliger Mann mit Vollbart erwartete sie bereits. Auf seiner Weste stand *Schlüsselking – Hier ist der Schlüssel Könisch.*

»Gleich drei Sprachen in einem Satz«, begrüßte ihn Maike.

»Wie meinen Sie das jetzt?«, fragte er.

Sie winkte ab. »Maike Pech, Kriminalhauptkommissarin. Wir hatten telefoniert.«

»Ich bin der Benno«, erwiderte er. »Haben Sie denn einen Durchsuchungsbeschluss?«

»Bedauerlicherweise ist die Bewohnerin kürzlich verstorben«, sagte Maike. »Aber ich habe die entsprechenden Papiere bei mir.« Sie zog das ausgedruckte Formular hervor, das ihr Jens besorgt und zugeschickt hatte. »Im Zuge der Ermittlungen muss ich die Wohnung der Toten betreten.«

Benno lachte, sein Bauch hüpfte auf und ab. »Sie sprechen ja wirklich so hochgestochen wie die im Fernsehen.«

»Lernen wir in der Ausbildung.«

Er bekam große Augen. »Echt jetzt?«

Maike nickte mit ernstem Gesicht. »Total. Nur das mit dem Schlösserknacken überlassen wir lieber den Profis.« Sie deutete auf die Tür.

»Verstanden.« Benno straffte die Schultern. »Ich helfe ihm ja gerne, dem Staat. Also der Polizei. Quasi Ihnen.«

»Quasi.« Maike verschränkte die Arme und betrachtete den Schlüsselking bei der Arbeit.

»Ein Sicherheitsschloss«, sagte der. »Hätte ich gar nicht erwartet, so hier in der Gegend.«

Es dauerte einige Minuten, dann gab die Tür mit einem Klacken nach und schwang auf.

»Danke«, sagte Maike. »Die Rechnung geht an Jens Breuer, K11.«

Damit schloss sie die Tür vor Bennos verblüfftem Gesicht, der eindeutig auch einen Blick hatte hineinwerfen wollen. Maike zog ihre Gummihandschuhe aus der Tasche und streifte sie über.

Es gab einen kleinen Vorraum, hinter dem eine weitere Tür zu finden war. Diese sah deutlich moderner aus. Was dahinter lag, ließ Maikes Unterkiefer gen Erdmittelpunkt klappen.

»So viel zum Thema Stadtvilla.«

Frisch gebohnertes Parkett glänzte im Tageslicht. Ein flauschiger Teppich lag direkt hinter der Tür, der gesamte Bereich erinnerte an ein Loft. Ein großer Raum, der durch geschickt platzierte Einrichtung unterteilt war. Auf einen Blick erkannte Maike das Büro, eher in Weiß gehalten mit blauem Anstrich. Dieses ging über in den Wohnbereich mit breitem Flatscreen und schließlich ins Schlafzimmer. Überall herrschte eine ganz eigene Note. Vom 1980er-Retro-Wecker auf dem Nachttisch bis zum 1990er-Charme der Küchenutensilien. Einzig der Bürobereich wirkte mit den beiden Mac-Bildschirmen, dem Ladegerät und Laptop auf der Docking-Station gegenwärtig.

Maike hatte Bekannte in Berlin, die eine ähnliche Strategie angewendet hatten. Inmitten eines eher ›geerdeten‹ Stadtviertels hatten sie ein heruntergekommenes Hinterhaus saniert und innen zu einer Stadtvilla gemacht. Die Fassade blieb jedoch, wie sie war. Auf diese Art versuchten weniger Einbrecher ihr Glück. Schließlich wirkte das Objekt, als gäbe es darin nichts zu holen.

Die breite Panoramafront gab den Blick auf die Rückseite eines anderen Hauses frei. Maler hatten dichtes Grün und Blumen auf die Fassade gezaubert. Damit war sogar der Ausblick etwas, worin man sich verlieren konnte.

»Polizei-Influencerin Maike Pech«, sagte sie in Gedanken versunken. »Reichtum über Nacht.«

Sie verwarf den Traum. Viel wahrscheinlicher wurde sie aufgrund ihrer großen Klappe zur grantigen Schoko-Oma stilisiert. Einen Vorgeschmack auf ein solches Leben zwischen Öffentlichkeit, Vorverurteilung und Filtern hatte sie bereits bekommen.

Hinter dem Schreibtisch wuchs ein Regal in die Höhe, in dem fein säuberlich beschriftete Ordner einsortiert waren. Maike las: »Umsatzsteuervoranmeldung Quartal 1/2019.« Della hatte nicht nur die Quartalsunterlagen chronologisch abgeheftet, die Jahre waren sogar jeweils mit Farbcodierungen zueinander passend gehalten.

»Da schicke ich doch gleich mal ein lautes Danke«, sagte Maike.

Sie erinnerte sich nur ungern an andere Ermittlungen, in denen es die Unterlagen gar nicht gegeben hatte oder in Form von wild durcheinander in Schuhkartons

abgelegten Belegen; das war keine Erfindung von Film-
drehbuchautoren. Das entsetzte Gesicht der Ermittler
auch nicht. Das wäre eher ihr eigener Stil, gäbe es da
nicht Mark. Er hatte sich sogar während ihrer Zeit in
Berlin um die Steuer gekümmert.

»Und jedes Jahr bekomme ich was zurück«, murmelte
sie.

So ein Bruder hatte manchmal auch etwas Gutes.

Maike überflog die Ordner flüchtig. Die letzten beiden Quartale zog sie hervor. Im Inneren gab es wieder
säuberliche Unterteilungen nach ›Geschäftskonto‹ und
›Privatkonto‹. Stets waren drei Kontoauszüge ausge-
druckt, dahinter die zugehörigen Rechnungen aller
Posten abgelegt.

»Die Steuer hat sie eindeutig ernst genommen.«
Maike korrigierte das Bild, das sie bisher von Della gehabt hatte.

Während sie auf professioneller Ebene von Menschen umgeben war, die ihr Arbeit abnahmen und dabei halfen, ein bestimmtes Bild nach außen zu tragen,
zeigte sich unter der Schale etwas anderes. Eine akkurat arbeitende Frau. Möglicherweise eine Perfektionis-
tin.

Glücklicherweise waren in den Ordnern auch Über-
sichten abgeheftet. Auf einzelnen Blättern waren jeweils die Monatseinnahmen und -ausgaben des Quar-
tals aufgeführt. Ganz simpel, damit Maike sie mit einem Blick erfassen konnte. Und genau dieser Blick ver-
riet alles.

Die Einnahmen waren, wie vermutet, gesunken.

Maike nahm sich die übrigen Ordner vor und erkannte ein Muster. Ein ziemlich klares Muster. In den

letzten drei Jahren war der von Della erwirtschaftete Umsatz jeweils um ungefähr zehn Prozent gefallen.

Sie streckte ihren Rücken durch und ließ den Blick gedankenverloren über die Einrichtung schwenken. Diese fallenden Einnahmen ergaben eine so klare Linie, dass es kaum Zufall sein konnte. Sie hatte die Unterlagen von Freiberuflern gesehen, denen es wirtschaftlich nicht gut ging. Es war eher schwankend oder abrupt weniger. Aber dieser exakte Wert pro Jahr ... das konnte unmöglich Zufall sein.

Maike fertigte mit ihrem Smartphone Bilder der Zusammenfassungen an, damit Gabi einen Blick darauf werfen konnte. Um die Unterlagen im Detail durchzugehen, müssten sie auf einen forensischen Buchhalter zurückgreifen.

Konnte es sein, dass Della Geld beiseite geschafft hatte? Jedes Jahr etwas mehr, über Briefkastenfirmen im Ausland? Die Schweiz war da ja immer noch beliebt.

Maike schloss die Ordner und stellte sie zurück ins Regal. Um sich ein Bild zu machen, ging sie weiter durch die einzelnen Wohnbereiche. In der Küche stand ein Teller mit Krümeln in der Spüle, die Ablagefläche war jedoch sauber, der Müll frisch geleert worden; eine gute Idee vor einer längeren Reise. Im Kühlschrank befand sich nur eine Handvoll Dinge: Hafermilch, Kefir, Smoothies in zwei Flaschen. Della hatte alles Verderbliche verbraucht, da sie es sonst nach der Reise nach Niederteerbach hätte wegwerfen müssen. Drei Packungen Eiweißpulver standen auf der Anrichte, eine war geöffnet.

Sie verschwendete offenbar nichts, was das Bild von ihr weiter schärfte.

Der Wecker war auf sechs Uhr eingestellt, was Maike überraschend früh fand. Und das tat sie freiwillig?! Vermutlich hätte Maike schon deshalb den Job als Influencerin versaut. Ohne den Druck einer Stechuhr lag sie stets zu lange im Bett. Gut, das Marzipan hätte sowieso den Rest erledigt.

In der Schreibtischschublade fand sie einen Roman – Psychothriller –, den Della zur Hälfte gelesen hatte. Daneben lag ein Epi-Pen. Die Allergie war Della sehr präsent gewesen. Sogar hier ging sie auf Nummer sicher – *war* sie auf Nummer sicher gegangen, korrigierte sich Maike.

Neben dem Bett stand ein Wabenregal als Abgrenzung zum Wohnzimmer. Es war gefüllt mit Büchern, je Wabe ein Thema. Auch hier erwies sich der Aufbau als exakt strukturiert. Psychothriller standen in der einen Wabe, Bücher über gesunde Ernährung in einer anderen. Es gab außerdem die Themenbereiche Meditation und Biohacking.

Della war ein vielschichtiger Mensch gewesen.

Sie hatte die Bücher innerhalb der Waben nicht nach Autor geordnet, sondern nach Höhe der Buchrücken. Auf diese Art ergab sich ein symmetrisches Bild, was ihr wichtiger gewesen war als die tatsächliche Ordnung in der Struktur.

»Leichte Zwangsneurose, typisch für Perfektionisten«, analysierte Maike.

Auch die Bücher über das Biohacking gingen in diese Richtung. Es gab zahlreiche Menschen, die ihren Körper zu mehr Leistung bringen wollten. Ein richtiger Kult war um dieses Thema herum entstanden. Um Körperfunktionen zu verbessern, galten exakt geregelter

Schlaf, Mikronährstoffe und viele andere Dinge – von denen Maike keine Ahnung hatte – als wichtige Faktoren. Perfektionisten neigten dazu, sich mehr aufzubürden. Angetrieben von extrinsischer Motivation – also äußeren Reizen – wollten sie mehr tun, es perfekter tun, um anderen zu gefallen. Das gelang meist so lange, bis die Arbeit zu viel wurde oder Lob und Anerkennung ausblieben. Dann machten sie immer mehr Fehler, die Unzufriedenheit wuchs, was das Nervenkostüm belastete und in Richtung Zusammenbruch führte.

»War es das?«, überlegte Maike laut. »Das Bröckeln der Followerzahlen, mehr Kritik, die Unfähigkeit, das Ruder herumzureißen? Angst? Das Altern?«

Mit bedächtigen Schritten untersuchte Maike die Wohnung weiter. An den Wänden hingen Bilder von Landschaften, doch keinerlei persönliche Aufnahmen. Gut, ein Foto vom Ex hatte sie nicht erwartet, aber vielleicht Selfies mit Freundinnen? Irgendetwas, das nicht nur Dellas eigene Persönlichkeit unterstrich, sondern sie auch in Gesellschaft verortete.

Dieser Punkt fehlte vollkommen.

Erst jetzt fiel Maikes Blick auf das Telefon, das auf einem kleinen Beistelltisch stand. Es war altmodisch aufgemacht, mit runder Drehscheibe. Hinter fingerkuppengroßen Aussparungen waren die Zahlen von eins bis neun erkennbar, dazu die Null. Das machte das Wählen einer Nummer zum langwierigen Erlebnis. Das Telefon stand auf einem Anrufbeantworter, in einem Fach darunter lag der Router.

Mit gerunzelter Stirn ging Maike näher. Ein rotes Lämpchen leuchtet an dem Anrufbeantworter.

»Wer hat so etwas heute noch?«, fragte sie sich.

Sie betätigte die Abspieltaste. Kurz darauf knackte es kurz und eine Stimme erklang.

»Guten Tag, Frau Staub«, sagte eine tiefe Männerstimme, die Maike irgendwo in den Fünfzigern verortete. »Hier Daniel Schlag, Kanzlei Schlag & Hau. Wie von Ihnen gewünscht haben wir den Vertrag noch einmal eingehend geprüft. Soweit wir das in der Kürze sagen können, ist alles akkurat und ohne Schlupfloch. Wir müssen jedoch darauf hinweisen, dass wir keine Präzedenzfall-Prüfung durchgeführt haben. Außerdem gibt es einen Paragrafen, der im Falle eines Rechtsstreits vor Gericht ausgelegt werden kann. Hierzu bitten wir um Kontaktaufnahme zur weiteren Strategiebesprechung.« Er nannte seine Nummer.

Maike zog ihr Notizbuch hervor und notierte sich den Namen der Kanzlei, des Anwalts und die Kontaktnummer. Vertragsprüfungen ließen auf einen möglichen Rechtsstreit schließen. Gerade im persönlichen Bereich konnte da schon mal jemand aus Verzweiflung, Frust oder Wut das Gesetz in die eigene Hand nehmen.

Zum Abschluss nahm Maike sich das Badezimmer vor. Hier gab es eine Wasserfalldusche, eine freistehende Badewanne und ein Kerzenregal. Eine Lautsprecherbox stand in einem Wandfach, die Toilette ein wenig nach hinten versetzt.

Der Anblick ließ Maike erneut aufseufzen. Einen größeren Kontrast zu ihrer Küchendusche gab es nicht.

»Reiß dich zusammen«, mahnte sie sich selbst. »Du magst dein Leben, du findest es toll. Und vierzig ist quasi das neue dreißig, heute werden wir alle älter.«

Ihr Blick fiel auf einen Karton, der so gar nicht in die saubere Umgebung passte. Er stand neben der Toilette, war unverschlossen und beinhaltete eine Reihe Kosmetikartikel. Creme, Make-up, Duschgel, Bodylotion. Auf der Anrichte über den Waschbecken reihten sich die gleichen Produkte auf, aber von anderen Marken. Offenbar hatte sie die Artikel im Karton aussortiert.

Maike öffnete auf ihrem Smartphone den Browser. Eine Überprüfung im Internet ergab zwei Dinge: Zum einen waren die Kosmetikartikel im Karton verdammt teuer. Allein die Bodylotion kostete 80 Euro für 150 Milliliter. Außerdem waren all diese Produkte, die Della *nicht* benutzt hatte, jene, für die sie Werbung machte. Wieso bunkerte sie diese im Karton? Maike öffnete die Bodylotion und roch daran. Ein samtiger Geruch drang ihr in die Nase. Olivenhain traf auf Mandelblüte. Gar nicht so schlecht.

Sie konnte doch unmöglich in all diesen Produkten Allergene vermutet haben. Die Inhaltsstoffe gaben ausführlich Aufschluss über die verwendeten Grundstoffe. War sie wirklich davon ausgegangen, dass jemand vorsätzlich ihre Kosmetik mit Allergenen anreicherte, die speziell ihr schadeten? Das wäre doch recht paranoid. Andererseits hatte Zoe das Vorhandensein eines Ausschlags bestätigt.

»Das hätte sie langsam vergiftet«, überlegte Maike. »Aber warum nicht direkt einen allergischen Schock auslösen?«

Sie erhob sich. Es waren noch zu viele Fragen offen, doch im Geiste sah sie bereits eine Handvoll Spuren, denen sie nachgehen konnte. Wo sie es doch so sehr mochte, mit Anwälten zu sprechen. Die waren immer so locker drauf.

Sie verließ das Bad, sah sich noch einmal um und ging zur Tür. Viel mehr konnte sie hier nicht tun. Falls sich der Verdacht der Steuerhinterziehung verdichtete, würde sie erneut jemanden schicken müssen.

Jetzt stand der schwere Teil des Tages an.

Es war mittlerweile achtzehn Uhr. Sie war etwas zu früh dran, aber das spielte keine Rolle. Die letzten Stunden ihres Daseins als Neununddreißigjährige schwanden unwiederbringlich dahin.

7. Kapitel

Zoe tippte die letzten Worte ihres Berichts, las alles noch einmal durch und schickte ihn an Jens, Grasso und Maike. In der rechten unteren Ecke auf ihrem Monitor war die Uhrzeit zu sehen. Es war sechzehn Uhr.

Ein wenig Zeit blieb noch, bevor sie nach Hause fahren musste, um alles für das Abendessen vorzubereiten. Mark hatte ihr eine Nachricht geschickt, der Einkauf war erledigt und die Mini-Monster friedlich. Das Pubertier war mit ihrem Freund im Zimmer, was ihn beständig vom Schreiben seines Artikels ablenkte.

»Sie ist eine verantwortungsvolle junge Frau«, sagte sich Zoe.

Außerdem würde Noah auf ihrem Seziertisch landen, falls er Dummheiten beging. Möglicherweise konnte sie ein Skalpell einstecken und in Sichtweite ablegen? Zoe kicherte und verbot sich weitere Gedanken in diese Richtung. Sie vertraute ihrer Tochter.

Ein Klopfen an der Tür erklang. Konnte das bereits Thomas sein, mit dem Buschfunk zum toxikologischen Report? Sie war genauso neugierig, wie die Traube an Fans, die sich in der Nähe des Instituts eingefunden hatte.

»Herein!«, rief Zoe.

Ein Kopf lugte durch den Spalt, den sie hier am wenigsten vermutet hätte, der Körper folgte direkt im Anschluss. »Darf ich kurz stören?«

»Gabi.« Verblüfft schob Zoe ihren Stuhl zurück und erhob sich. »Aber klar, komm doch rein. Geht es um morgen?«

»Nein, da ist alles geklärt.« Die Polizeihauptkommissarin winkte ab. »Ich bin quasi dienstlich hier.«

»Ich habe den Bericht gerade rübergeschickt, du hättest dich nicht extra hierher bemühen müssen«, sagte Zoe.

Sie bot Gabi den Sessel vor dem Schreibtisch an und diese sank hinein, überschlug die Beine und rutschte hin und her.

Zoe kehrte zurück auf ihren Stuhl.

»Ich komme nicht wegen des Berichts«, sagte Gabi und strich sich fahrig eine gelöste Strähne aus der Stirn. »Es geht um einen unkonventionellen Schritt in der Recherche.«

»Das klingt wie etwas, das Maike mich fragen würde.« Zoe lächelte und versuchte, die Spannung aus dem Gespräch zu nehmen.

Sie kannte Gabi nur als kraftvolle Frau, die ihrem Instinkt folgte – wenn auch vielleicht nicht ganz so wuchtig in der Herangehensweise wie Maike.

»Die schaut sich ja gerade die Wohnung von Della DeLorain genauer an«, erklärte Gabi. »Und ich dachte, wir sollten das vielleicht zügig auf dem kleinen Dienstweg klären.«

»Ich bin gespannt«, sagte Zoe.

Gabi zog aus ihrer Jackentasche ein Klarsichtetui, in dem sich ein Smartphone befand. »Das Gerät gehörte

Della DeLorain. Es würde uns eine Menge Zeit und Formulare sparen, wenn wir es entsperren könnten.«

Zoe schürzte die Lippen. »Ich kenne die Gerätespezifikationen nicht, aber ist für die Entsperrung bei modernen Fingerabdrucksensoren nicht auch die Durchblutung wichtig?« Sie war sich unsicher, ob das lediglich für hochwertige Sensoren in Laboratorien galt oder bereits die Smartphone-Technologie erreicht hatte.

»Das spielt hier gar keine Rolle.« Gabi grinste verschmitzt. »Es geht über Face-ID.«

»Face-I... ernsthaft?« Zoe war für einen Augenblick überzeugt, dass Gabi sie veralbern wollte.

Aber sie wirkte dienstvorschriftenernst. »Einen Versuch wäre es doch wert.«

»Also ... ich meine ...« Zoe durchdachte die Risiken und unterm Strich gab es keine. Im schlimmsten Fall wurden sie von Thomas oder Mira erwischt, die beide sicherlich Verständnis für den kleinen Dienstweg aufbringen würden. »Na schön.« Zoe erhob sich. »Versuchen wir es.«

Gabi sprang erfreut auf und folgte ihr durch die Gänge des Instituts. Mittlerweile war Dellas Leichnam in einem der Fächer eingelagert worden. Vom Erdgeschoss führten Stufen hinunter in den Keller. Sie schritten über Terrazzoboden, die Luft war kühl. Hierher verirrte sich Zoe nur selten, lediglich bei den Einführungsveranstaltungen für Erstsemester oder falls sie anstelle von Thomas oder Mira den Leichnam ablegte.

Links und rechts zweigten Räume ab, kleine Schildchen neben der Tür enthielten eine Nummer, darunter die Bezeichnung. Zoe wusste, wo Della untergebracht worden war, sie hatte die Information im Anhang ihres Berichts vermerkt.

»Dort vorne, die übernächste Tür auf der rechten Seite«, sagte sie, damit Gabi ungefähr wusste, wie lange es noch geradeaus ging.

Manchmal überfiel Zoe die Realität mit voller Wucht, wenn sie sich hier unten aufhielt. All diese Fächer, gefüllt mit beendeten Existenzen. Leben, die ihr volles Potenzial womöglich nicht mehr hatten erreichen können. Dann glitten ihre Gedanken zu Mark, Sarah und den Zwillingen. Niemals durfte diesen Menschen etwas passieren. Diese Angst war immer da, lauerte in einer schattigen Ecke ihres Geistes. Wartete auf einen schwachen Augenblick, um zuzuschlagen.

Sie wusste, woher sie kam.

Seit Billies Verschwinden war ihr bewusst, dass Menschen, die man liebte, nicht unsterblich waren. Das unzertrennliche Trio, das alles gemeinsam erlebt hatte, war zerbrochen. Jahrelang hatte sie das Rätsel verdrängt, das Gefühl des Verlustes unter tausend Schichten an Rationalität verborgen. Sie erinnerte sich noch gestochen scharf an damals, die Tage vor dem Verschwinden der besten Freundin.

Immer näher kamen sie nun der Auflösung, deckten ein Puzzleteil nach dem nächsten auf. Doch damit kehrten auch die Erinnerungen zurück. Die Gefühle. So viele Pläne hatten sie geschmiedet, keinen Gedanken daran verschwendet, dass diese vielleicht nicht in Erfüllung gehen konnten. Dass es eben nicht nur auf Ehrgeiz und Schläue ankam, sondern schlicht auch auf das Schicksal. Das war Zoe erst nach diesem einen verdammten Tag aufgegangen.

Manchmal genügte *ein* Tag. *Ein* Fehler.

»Bist du in Ordnung?«, fragte Gabi.

Erst jetzt realisierte Zoe, dass sie stehen geblieben war. Sie räusperte sich. »Das ist nur diese Atmosphäre hier unten.«

»Da bin ich aber beruhigt, dass es nicht nur mir so geht«, sagte Gabi. »Ich dachte, ihr Profis seid daran gewöhnt. Den ganzen Tag mit Leichen und so.«

»Na, Profis sind wir nach diesem Video vermutlich alle «, sagte Zoe. »Das Wort darfst du bei Pöller nicht mehr verwenden.«

Sie richtete ihr Augenmerk wieder auf die Herausforderung direkt vor ihr.

Der Mensch im Augenblick des Todes war etwas anderes als die klinisch vorbereitet und auf Daten komprimierte Version hier im Institut. Sie sprachen nicht über das Leben hinter dem Körper, reduzierten alles auf Fakten, Schnitte, Interpretationen. Deshalb war Zoe so gut darin.

Das war schon immer der große Unterschied gewesen.

Maike, die Spürnase, wollte alles über das Leben von Opfern wie Tätern wissen. Was sie angetrieben hatte, was die emotionalen Hintergründe der Tat waren.

Maike jagte das ›Warum‹, Zoe das ›Wie‹.

»Deshalb sind wir so gut«, murmelte Zoe so leise, dass Gabi hinter ihr es nicht hörte.

Mit ihrer Schlüsselkarte öffnete sie die Tür und betätigte den Lichtschalter. Grelle Neonbeleuchtung erwachte flackernd zum Leben.

»Welches Fach ist es?«, fragte Gabi.

Zoe ließ ihren Blick über die Edelstahlfächer gleiten, bis sie das richtige gefunden hatte. Sie zog an dem Griff, öffnete das Fach und ließ die Leiche auf der Metallliege herausgleiten.

Vor ihnen lag, bleich wie Schnee, Della DeLorain.

Gabi nahm das Smartphone aus der Hülle. »Ich habe es extra noch geladen, damit es nicht ausgeht. Wenn das passiert, benötigt man die PIN, um es wieder einzuschalten. Das wäre es dann gewesen.« Sie hielt das Smartphone vor Dellas Gesicht, als wollte sie mit Della ein Selfie machen.

Zoe beugte sich auf der anderen Seite vor und linste auf den Bildschirm. »Das Schloss wackelt. Es erkennt ihr Gesicht nicht.« Sie schnippte mit dem Finger. »Davon habe ich gelesen. Das ist eine Sicherung. Um das Gerät zu entsperren, müssen die Augen geöffnet sein. Damit niemand, während der Besitzer schläft, das Gerät heimlich vor ihn hält und Zugriff bekommt.«

Beide warfen einander Blicke zu.

»Also ich bin jetzt ja nur die Polizeihauptkommissarin, da habe ich keine Zuständigkeit«, sagte Gabi.

Zoe schnaubte. »Na schön, einen Moment, ich brauche Handschuhe.«

Und die hatte sie nicht wie Maike allzeit dabei. Glücklicherweise gab es hier unten einen Raum mit Ersatzmaterial. Genau dorthin eilte sie und schnappte sich zwei violette Einmalhandschuhe aus der Box. Zurück bei Gabi beugte sie sich vor und zog die Lider von Della vorsichtig nach oben.

Erneut tippte Gabi zuerst auf den Bildschirm und hielt das Gerät dann entsprechend in Position. Falls irgendwer sie und Gabi hier in dieser Stellung fand, würde sie einiges zu erklären haben. Selbst gegenüber Thomas und Mira.

Sekunden später lachte Gabi freudig auf. »Es hat funktioniert!«

Sie trat beiseite und tippte auf dem Smartphone herum. Zoe schob Della zurück und schloss das Fach. Neugierig lugte sie über Gabis Schulter.

»Ich habe die Sperre in den Einstellungen aufgehoben«, sagte Gabi. »Wir müssen das also nicht wiederholen und haben trotzdem dauerhaft Zugriff auf das Smartphone.« Sie öffnete die E-Mail-App. »Keine extra Sperre, damit können wir all ihre E-Mails prüfen, den Chat-Verlauf, einfach alles. Das ist perfekt.«

»Was mir mal wieder vor Augen führt, dass der gute alte PIN doch am sichersten ist«, warf Zoe ein.

»Die meisten Leute benutzen etwas recht Simples, wie 1-2-3-4 oder ein Muster auf der Tastatur«, entgegnete Gabi.

»Deshalb kann man ihn auch meist nur dreimal eingeben, bevor das Smartphone sich sperrt«, sagte Zoe.

»Was es den Ordnungsbehörden, also uns, viel zu schwer macht, ein Verbrechen aufzuklären.« Sie ließ das Smartphone sinken. »Wenn du auf bestialische Weise ermordet wirst, würdest du doch sicher wissen wollen, dass Sarah, Mark und die Zwillinge erfahren, wer er es war, oder?«

»Thomas und Mira werden mich obduzieren und daraufhin kann Maike den Täter finden.« Zoe grinste. »Dafür brauchen sie nicht mein Smartphone. Aber jetzt zeig her.«

»Die Dienstvorschriften verbieten das«, sagte Gabi.

Zoe stemmte ihre Fäuste in die Hüften. »Ist nicht dein Ernst.«

»Nicht wirklich.« Gabi lachte. »Sei froh, dass Lukas nicht dabei ist. Also, wo könnte es einen Hinweis geben?«

Sie hob das Smartphone in die Höhe und beide betrachteten den Monitor. Der Bildschirmhintergrund bestand aus einem gepflegten, blühenden Garten. Im Zentrum gab es eine freistehende Schaukel, die an einem Holzgerüst hing. Das Bild brachte etwas in Zoe zum Klingen und sie erkannte sofort, dass dies kein heruntergeladener Hintergrund aus dem Internet war. Es handelte sich um eine Aufnahme. An der Seite lag altmodisches Spielzeug aus Plastik.

»Von wann ist dieses Spielzeug?«, fragte sie.

Gabi zuckte mit den Schultern. »Muss ich überprüfen. Aber schauen wir uns mal die Bilder an.«

Mit einem Klick öffnete sie den Ordner mit den Aufnahmen. Wie vermutet enthielt er Schnappschüsse – noch ohne Filter –, auf denen Dellas Ankunft in Niederteerbach in Szene gesetzt war. Mal stand sie vor dem Ortsschild, dann vor der Sargfabrik. Auf dem nächsten war hinter ihr die Ruine aus verbranntem Holz zu sehen, wo einst das ›Archiv‹ gewesen war.

»Sieht alles irgendwie trostlos aus«, sagte Zoe und ergänzte sofort: »Entschuldigung.«

»Du hast ja recht, Niederteerbach hat auch seine kaputten und ...«

»Ganz schön kaputten Orte?«, ergänzte Zoe Gabis Satz.

Das brachte ihr dann doch einen Ellbogenstoß ein.

»Es kann nicht jeder in einem Luxusanwesen in einer Weltstadt wohnen«, sagte Gabi trocken.

»Na ja, Weltstadt«, murmelte Zoe. »Ein eingestürztes Archiv, Dauerbaustelle U-Bahn und von der Oper will ich gar nicht anfangen.«

Immerhin, gerade kürzlich hatten sie an einem Wochenende einen Familienausflug unternommen. Dabei waren sie falsch gefahren und hatten plötzlich vor den Aufnahmewagen einer Fernsehserie gestanden. Eine Daily Soap, für die nach vielen Jahren neue Folgen in Köln und Düsseldorf gedreht wurden.

»Manchmal sind wir das wohl wirklich«, sagte Zoe.

»Da ist der Ordner mit den Videos.« Gabi war wieder voll im Recherche-Modus. »Die hat das Team vorproduziert, damit Della nicht jeden Tag nur einen Livestream macht. Das sollte eine Mischung werden.«

Sie sahen sich die Vorschaubilder an und konnten darauf bereits einige Orte erkennen.

»Die Sargfabrik, war ja klar«, sagte Gabi. »Was haben die nur alle damit? Oh, schau, da ist unsere Bürgermeisterin.«

»Lass es doch mal laufen«, bat Zoe.

Bevor Gabi etwas erwidern konnte, tippte Zoe auf den Play-Button. Das Video startete mit einer kurzen Einspielung von Della, bevor sie das Büro der Graefe betrat. Als die Bürgermeisterin zu sprechen begann, wurde deren Funktion am unteren Ende eingeblendet.

»Die sind sogar schon redaktionell bearbeitet«, sagte Gabi. »Wundert mich, dass die nicht schon alle durchgetaktet online gegangen sind.«

Zoe würde Maike heute Abend direkt danach fragen. Die Assistentin hatte doch garantiert alles hochgeladen und mit Timern versehen. Falls heute also noch nichts gepostet worden war, konnte das noch passieren. Wie sah der Zeitplan für diese Videos aus? Morgens der Livestream mit Della, dazwischen Bilder, abends das Video?

Die Bürgermeisterin antwortete auf die Fragen von Della, und Gabis Stirnrunzeln nahm immer mehr zu. Die eingeblendeten Texte am unteren Bildschirmrand ergaben immer weniger Sinn.

»Was ist denn da passiert?«, fragte Zoe. »War das irgendein Scherz-Testlauf von den IT-Jungs?«

Gabi starrte weiter auf das Video. »Ich glaube nicht, dass das ein Versehen war.«

»Aber dann ...« Zoe verstummte.

Dieses Video ließ den gesamten Fall in einem neuen Licht erscheinen.

8. Kapitel

Maike erreichte das Haus der Schwäfels und parkte an der Seite. Der SUV von Zoe stand unter dem Vordach des Gebäudes, der Stromer von Mark daneben.

Bevor sie aussteigen konnte, klingelte ihr Smartphone. Es war Martin. Noch während ihr Finger reflexartig den grünen Button auf dem Display antippte, spürte sie diesen mittlerweile vertrauten Stich. Wieso sah sie ausgerechnet jetzt Sandro vor sich?

»Na, wie fühlt es sich an?«, fragte er.

»Äh, bequem, obwohl die Sitze nicht auf der Höhe der Zeit sind«, erwiderte Maike.

Martin lachte. »Nicht dein Auto, ich meinte eher den herannahenden Zug mit der Vierzig vorne drauf.«

»Weißt du, ich habe auch nach meinem Geburtstag noch eine harte Rechte.«

Er hüstelte. »Okay, ich merke schon, keine Witze vor dem morgigen Tag.«

»Witze *am* morgigen Tag sind noch gesundheitsschädlicher.« Sie lauschte in den Hörer. »Wo bist du? Bei dir ist es laut.«

»Dienstreise«, erklärte er. »Ich checke gleich im Hotel ein und hier ist es ziemlich voll.«

»Du wirst ständig hinzugezogen, wenn etwas passiert, was?«, fragte sie. »Entweder die Todesrate unter Berlinern auf touristischen Abwegen ist weitaus höher als gedacht oder die wollen alle dich, weil du so gut bist.«

»Für mein Ego gehen wir jetzt einfach mal davon aus, dass es der zweite Grund ist«, sagte Martin.

Davon ging Maike natürlich ebenfalls aus, aber das musste sie ja nicht unbedingt zugeben. »Wen hat es dieses Mal erwischt?«

»Langsamer Tod einer Frau im hohen Alter«, erklärte er. »Ziemlich böse Sache, da steht noch etwas Recherche an.«

»Dann vermutlich Vergiftung. Ich bin gespannt auf die Details.«

Seit Martin sie hier in Niederteerbach bei einem Fall unterstützt hatte, telefonierten sie regelmäßig. Inzwischen kam es sogar recht häufig zu Videotelefonaten oder sie schauten gemeinsam gleichzeitig einen Film und tauschten ihre Meinung dazu aus. Was meist in Lästerei ausartete.

»Bekommst du, versprochen«, sagte er. »Wolltest du nicht sowieso mal wieder nach Berlin kommen? Alte Wirkungsstätten besuchen und so.«

»Und du gehst vermutlich davon aus, dass deine Wohnung eine solche alte Wirkungsstätte ist?« Maike schmunzelte, verlieh ihrer Stimme aber einen absolut professionellen Ton.

»Also, wenn du so fragst, bist du natürlich herzlich eingeladen«, erwiderte er. »Ich habe ein Gästezimmer.«

»Ja nee, is' klar.«

»Du bist viel zu paranoid. Ab einem gewissen Alter ...«, begann Martin.

»Ich gehe jetzt rein«, unterbrach sie ihn. »Zoe und Mark warten schon.«

»Viel Spaß beim gemeinsamen Anstoßen«, sagte er. »Ich werde an dich denken.«

Maike wollte noch mehr sagen, doch irgendwie kamen die Worte nicht aus ihrem Mund heraus. »Bis bald«, wurde es daher nur, und sie beendete die Verbindung.

Sie konnte sich schon denken, was Zoe ihr sagen würde, sobald Maike ihr von diesem Gespräch berichtete. Deshalb ergab es auch keinen Sinn, lange darüber nachzudenken. Sie öffnete die Tür und stieg aus.

Zu dieser Zeit saßen hinter den Fenstern der Häuser Familien beim Abendessen. Und wie jede Woche wurde Maike Teil dieses Idylls. Auf ihr Klingeln hallte ein weicher Ton hinter der Tür durch das Haus; eine Sekunde später erklang das vertraute Bellen von Nele.

Die Tür wurde geöffnet.

»Hi, Schoko-Oma«, sagte Sarah, drehte sich wieder um und ging davon.

Maike war glücklicherweise damit beschäftigt ein gewisses Pelzknäuel auf vier Beinen zu kraulen, andernfalls hätte dieses pubertierende Monster es bitter bereut, so viele Livestreams anzuschauen.

Sie trat ein, schloss die Tür und ging durch den Flur ins Wohnzimmer. Wie immer verlor sie sich ein paar Sekunden im Panoramablick auf den Garten, dem gemütlich wirkenden Steindekor der Wände, fühlte die Wärme der Fußbodenheizung.

Aus der Küche erklang das Geklapper von Geschirr, der Geruch von Steak und Rosmarinkartoffeln stieg ihr in die Nase. Normalerweise achtete Zoe auf gesunde und ausgewogene Bioernährung, nicht jedoch heute. Maike hatte sich das Abendessen aussuchen dürfen und da gab es keine Abstriche.

»Mark hat alles vorbereitet«, rief Zoe. »Ich bin selbst erst vor einer Stunde angekommen.«

Und trotzdem wirkte sie wie frisch gestylt, ohne ein Staubkorn an der falschen Stelle. Zoes Finger glitten zwischen den Kochlöffeln und Gewürzen hin und her wie auf einer Klaviatur. Kurz warf sie einen Blick auf das Fleischthermometer. »Noch zwanzig Minuten.«

Sarah saß in der Küche am Tisch und starrte auf den Bildschirm ihres Smartphones. »Es gibt mittlerweile echt viele Memes von euch.« Sie sah auf. »Macht Lukas viel Sport?«

»Frag das doch mal Noah«, gab Maike zurück. »Er freut sich bestimmt darüber, dass seine Freundin sich nach einem sportlichen Polizisten erkundigt.«

Sarah verzog den Mund und schwieg grimmig.

»Ich finde ja, dass junge Menschen deutlich zu viel Zeit mit dem Handy verbringen«, sagte Maike an Zoe gewandt. »Sie werden ständig von allen möglichen In-fluencern ... influenced.«

»Heute drückst du dich aber eloquent aus, Tantchen«, sagte Sarah prompt. »Ist ganz ungewohnt. Wirst du auf deine alten T–«

»Tisch decken«, unterbrach Zoe gelassen, aber mit ei-ner Stimme, die durch Stahl hätte schneiden können. »Und Handy weg.«

Sarah schmollte, schob das Smartphone in die Tasche und begann wie üblich damit, Teller und Geschirr wie einen Feind zu behandeln. Es klirrte bei jeder Ablage.

Maike schmunzelte. Alles war wie immer. Und genau so sollte es auch sein.

»Schwesterherz.« Mark kam hereingeschneit, trug seinen typischen Ich-bin-ein-Nerd-wie-aus-dem-Katalog-Style und zog sie in eine Umarmung. »Alles wird gut.«

Sie kniff ihm in die Seite. »Das halte ich für ein Gerücht.«

»Du siehst keinen Tag älter aus als fünfundvierzig«, sagte er und lachte leise.

»Ist das ein graues Haar, das ich bei dir sehe?«

»Ist ja gut jetzt«, schaltete sich Zoe ein. »Ihr dürft eure geschwisterlichen Gemeinheiten gerne nach dem Essen fortführen.«

»Tante Maike!«, erklangen die Stimmen der Zwillinge im Chor und kurz darauf umarmte jede der beiden eines ihrer Beine.

»Hallo, ihr beiden.« Sie ging in die Knie und drückte ihnen nacheinander einen schmatzenden Kuss auf die Wange.

Kurz darauf saßen sie gemeinsam am Esstisch. Verblüfft sah Maike sich um. »Wo ist denn Mama?«

»Kommt noch«, antwortete Mark. »Später. Sie will unbedingt mit anstoßen, hat aktuell aber ... nun ja.«

»Ein Date«, half Zoe aus.

Mark und Maike wechselten einen Blick und waren sich stillschweigend einig, dass alle diesbezüglichen Gedanken nicht ausgesprochen werden mussten.

»Ach, jetzt gönnt es ihr doch«, sagte Zoe.

»Tue ich«, erklärte Maike. »Aber du kennst doch ihre herzlich-wuchtige Art. Irgendwie tut mir der Kerl leid.«

Mark nickte in schweigender Zustimmung.

Das Thema verpuffte, als Steak und Rosmarinkartoffeln den Weg auf die Teller fanden. Dazu gab es eine spezielle Gemüsecreme, die Zoe hergestellt hatte. Maikes Idee, doch einfach Ketchup zu nehmen, hatte ihr einen derart bösen Blick beschert, dass sie den Vorschlag nicht wiederholte.

»Gabi hat mich heute besucht«, erklärte Zoe.

»Ach?« Maike schluckte. »Wie kam es denn dazu?«

Zoe zwinkerte. »Es ging da um die Face-ID eines gewissen Smartphones.«

Da die Zwillinge mit am Tisch saßen, waren berufliche Themen verboten. Mark spitzte die Ohren, um notfalls sofort einzugreifen.

»Face-ID?«, echote Maike. »Und wie habt ihr … nicht dein Ernst.«

Zoe nickte eifrig. »Wusstest du, dass dafür die Augen geöffnet sein müssen?«

Sarah starrte ihre Mutter mit offenem Mund an. »Du hast nicht ernsthaft einer …«

»Sarah!«, sagte Mark.

»… Influencerin die Augen geöffnet«, änderte diese flink den Satz.

»Meine Augen sind auch auf«, sagte Laura und starrte in die Runde.

»Und meine.« Leonie zog mit ihren Fingern sogar die Lider in die Höhe.

»Das heißt ›offen‹«, korrigierte Mark. »Und ja, grundsätzlich sind alle Augen offen und jetzt sprechen wir doch über ein anderes Thema.«

Was bedauerlicherweise dazu führte, dass jeder am Tisch von seinem Tag auf FSK-5-Niveau berichtete. Dabei war Maike gespannt, was Gabis Ausflug für ein Ergebnis erbracht hatte.

Erst als alle endlich gegessen hatten und Mark die Zwillinge nach oben brachte, konnten Zoe und Maike sich auf den Speicher zurückziehen. Maike mit einem Kölsch, Zoe mit einem Glas Wein bewaffnet. Sie sanken in die Sitzkissen; durch das Fenster am Ende des Speichers fiel der Schein der Gartenlampen. Im Wechselspiel aus Licht und Schatten zeichneten sich Marks Arbeitstisch, der Rechner und das Regal ab.

»Also raus damit«, forderte Maike. »Ihr habt echt das Smartphone mit Dellas Gesicht geknackt?«

»Richtig konspirativ, was?« Zoe wirkte überaus zufrieden.

»So kenne ich dich ja gar nicht. Was machst du als Nächstes, heimlich hier oben rauchen?«

»Igitt«, sagte Zoe.

»Was habt ihr gefunden?« Maike hielt die Kölschflasche umklammert und hätte Zoe am liebsten jedes Wort von den Lippen gerissen.

»Videos«, antwortete sie. »Della hat alle möglichen Filme gemacht und diese waren bereits vollständig geschnitten und bearbeitet. Gabi hatte schon das Smartphone in der Hand, um dich zu kontaktieren, aber ich wollte dir das selbst zeigen.«

»Das ist unsere Gabi, richtig pfiffig.« Maike trank zufrieden. »Irgendwas Interessantes dabei?«

»Das kann man wohl sagen. Della hat Bürgermeisterin Graefe nämlich reingelegt. Sie kam gar nicht nach Niederteerbach, um über die Fortschritte zu berichten.

Sie hatte ein Konzept entwickelt, das in Richtung ›Lost Places‹ ging.«

Maike sah Zoe fassungslos an. »Wie bitte?«

»Pass auf, es wird noch besser. Sie nannte das Ganze ›Orte, die zum Sterben verdammt sind‹.«

Maike brach in schallendes Gelächter aus. »Das ist ja mal richtig mies.« Ihr Lachen verebbte. »Wusste das die Bürgermeisterin?« Sie gab sich selbst die Antwort. »Wohl eher nicht, sonst hätte sie kaum so euphorisch den ersten Livestream im CryoYoung angeschaut. Und nach Dellas Tod war sie ja völlig fassungslos.«

Falls jemand aus Niederteerbach davon Wind bekommen hatte, erweiterte sich die Liste der Verdächtigen schlagartig. Vom Bäcker bis zum Metzger, niemand hatte Interesse daran, dass der Ort verhunzt wurde, in dem er lebte.

»Arg schlimm?«, fragte Maike.

»Die Graefe wird als träumende Irre hingestellt, die sich an ein sinkendes Schiff klammert. Bei der Sargfabrik haben sie sich einen langen dürren Kerl rausgepickt, der wirkt wie ein Friedhofswächter. Man könnte meinen, die Addams Family lebt dort. Und Raibach … sagen wir einfach, wenn er das gesehen hätte, wäre er definitiv der Mörder.«

Maike lachte erneut. »Das muss ich mir unbedingt ansehen.«

»Und dann gibt es da noch die Niederteerbacher Polizei«, schloss Zoe und trank schnell einen gewaltigen Schluck Wein.

»Bitte was?«, hakte Maike nach. »Ich habe kein Interview gegeben.«

Niemals hätten Lukas oder Gabi das getan, ohne etwas zu erwähnen. Oder doch?

»Sie hat sich den Nachtschicht-Erwin rausgepickt«, erklärte Zoe.

Maike stöhnte auf. Erwin war ein in die Jahre gekommener Polizist, der nur aus Personalmangel reaktiviert worden war. Da die Wache mit Lukas, Gabi und ihr keine dicke Personaldecke aufwies, wurde er als Springer eingesetzt. An zwei Nächten in der Woche übernahm er die Nachtschicht in Niederteerbach, an den übrigen drei in Oberteerbach.

»Toll, wirklich toll«, sagte Maike. »Das muss ich mir morgen anschauen.«

»Lass es besser.« Zoe winkte ab. »Er war schon ein wenig müde, als Della ihn nachts um zwei interviewt hat. Nachdem Gabi es sich angeschaut hat, hat sie einen Wutanfall bekommen.«

Maike stöhnte erneut auf. Wenn sogar die stets ausgeglichene Gabi Petzold einen Wutanfall bekam, sagte das alles. Immerhin würde die Öffentlichkeit nichts von diesem Machwerk zu sehen bekommen. Dellas Assistentin hatte versprochen, die vorgeplanten Videos vom Server zu nehmen und nie zu veröffentlichen.

»Haben wir etwas Neues von der Toxikologie?«, fragte Maike.

»Bisher nicht«, sagte Zoe. »Ich habe kurz vor dem Aufbruch mal bei Thomas vorgefühlt. Was sie bereits sagen können, ist, dass neben dem Stickstoff noch etwas anderes im Spiel war. Sie sind sich da nicht sicher, was genau. Aber es war etwas beigemischt, was durch das Einatmen gewirkt hat. Della hat also zuerst eine massive Dosis vaporisierten Stickstoff abbekommen. Das reichte aus, um die Finger und Zehen zu frosten. Alles andere ist so eine Sache. Die Schleimhäute wurden auf jeden Fall in Mitleidenschaft gezogen, aber es ist fraglich, ob das bereits reichte, um sie zu töten.«

»Da wollte jemand auf Nummer sichergehen«, sagte Maike nachdenklich. »Gabi wird morgen mal die Fühler ausstrecken. Vielleicht findet sie ja die Quelle des zusätzlichen Stickstoffs oder des beigemischten Stoffs.«

»Ich kann mir kaum vorstellen, dass sich jemand aus Dellas Entourage nachts da reinschleicht und diese Kanister schleppt«, sagte Zoe.

»Maximilian Matt sah auf jeden Fall total fertig aus«, wandte Maike ein. »Wenig Schlaf und so. Allerdings scheint das ständig der Fall gewesen zu sein.«

Eine derartige Vorbereitung benötigte immenses Fachwissen. Nicht nur, was die Technik anging, auch das Zusammenspiel von Stickstoff mit dem menschlichen Körper, die Wirkung von ätzender Beimengung – also einer Art Säure. Hatte der unbekannte Briefeschreiber vielleicht nicht mehr nur auf Allergene setzen wollen?

Sie warfen sich noch ein paar Bälle zu und durchdachten Theorien, doch Maike bemerkte selbst, dass sie mit jeder verstrichenen Minute unaufmerksamer wurde.

Schließlich nickte Zoe. »Zeit, wieder nach unten zu gehen.«

»Müssen wir wirklich?«, quengelte Maike.

»Außer du hast eine Möglichkeit gefunden, die Zeit anzuhalten«, gab Zoe zurück.

Maike fügte sich. Am Esstisch standen bereits Mark, ihre Mutter und Sarah. Alle grinsten breit, hatten Sektgläser in der Hand. Auf dem Tisch stand ein Geburtstagskuchen mit Marzipanbezug. Das freute Maike dann doch.

»Mein Schatz.« Jutta zog sie in eine herzliche Umarmung. »Dein zukünftiger Stiefvater konnte leider nicht mitkommen.«

»Was?!«, riefen Mark und Maike gleichzeitig.

Und als ihre Mutter in ein zufriedenes Lachen verfiel, warfen sie ihr beide böse Blicke zu. »Ich kenne euch beiden doch, das habt ihr verdient. Jetzt nimm dir ein Glas.«

Maike schüttelte den Kopf. »Ich bleibe beim Kölsch.«

Stille breitete sich aus.

Die Uhr sprang auf zwölf.

»Herzlichen Glückwunsch!«, erscholl es gleichzeitig.

Natürlich wurde ein Lied angestimmt. Die derart falsch gesungene Happy-Birthday-Version hätte auch von Horst stammen können.

Maike wurde umarmt, geherzt und irgendwann erschien ein Stück Marzipankuchen auf einem Teller vor ihr.

Vielleicht wurde der kommende Tag ja doch nicht so schlimm.

9. Kapitel

Der kommende Tag wurde schlimmer.

Maike betrat die Wache und sah sich Lukas, Gabi und Horst gegenüber, die im selben Augenblick Luft holten. Was folgte, war ein Geburtstagsständchen, das man kurz und knapp mit dem Wort ›Folter‹ umschreiben konnte. Dass Horst der Einzige war, der die Töne tatsächlich traf, ließ tief blicken.

»Das ist so schön«, rang Maike sich ab. »Danke.«

Gabi überreichte ihr einen Gutschein. Am Ende war es doch der Besuch der Kaffeerösterei geworden, vermutlich eine kurzfristige Planänderung aufgrund aktueller Gegebenheiten. Wer wollte schon einen Gutschein für ein Spa verschenken, in dem kurz zuvor jemand schockgefrostet worden war? Nicht zu vergessen den Toten im Pool, der ja auch erst vor kurzem gefunden wurde.

Dass Lukas Maike zu einer Stilberatung einlud, ließ dann die ersten Kratzer auf ihrer Miene erscheinen. Trotzdem blieb sie tapfer.

Immerhin auf Horst war Verlass. Er schenkte Maike ein Kölsch, was sie im Dienst leider unmöglich annehmen konnte. Er war dezent gekränkt, trank es dann aber einfach selbst.

Maike ging davon aus, das Schlimmste damit überstanden zu haben. Doch weit gefehlt. Kurz nach neun Uhr rauschte Bürgermeisterin Graefe mit ihrem Adjutanten in den Raum. Das unglückliche Gesicht von Nicholas von Marking machte bereits deutlich, dass sie keine Glückwünsche erwarten konnte.

»Wieso haben Sie das nicht verhindert?« Der anklagende Blick der Bürgermeisterin richtete sich auf Maike wie die Scheinwerfer eines herannahenden ICEs.

»Niemand kann die Zeit aufhalten«, gab Maike zurück. »Man muss es irgendwann akzeptieren.«

»Wie bitte? Wovon sprechen Sie?«, fragte die Graefe.

»Wovon sprechen *Sie?*«

»Dellas Videointerview natürlich!«, rief die Graefe. »Gestern Abend ging das Interview online, das ich mit ihr geführt habe. Es ist eine Katastrophe. Willy hat schon zwei Mails geschickt und dreimal angerufen, um mir zu verdeutlichen, wie ›untröstlich‹ er ist.« Jede Kraft wich aus der Bürgermeisterin, sie sank auf Gabis Stuhl. »Das ist entsetzlich. Es wird landesweit virulent gehen.«

»Viral«, korrigierte Lukas, was ihm einen bösen Blick einbrachte.

»Ich wirke darin wie eine Optimistin auf Drogen, die völlig an der Realität vorbei einen kaputten Ort retten will«, sagte die Bürgermeisterin.

»Nun ja ...«, begann Maike.

Gabi verpasste ihr einen Ellbogenstoß.

»So schlimm kann das doch gar nicht gewesen sein«, änderte sie ihren Satz schnell ab, denn die Selbsteinschätzung traf letztlich den Nagel auf den Kopf.

Wenn Maike in Betracht zog, was Zoe über das Video berichtet hatte, war es sogar weitaus schlimmer.

»Das sagen Sie jetzt so«, sagte die Bürgermeisterin. »Vor zwanzig Minuten ging das Interview mit Erwin online. Frau Pech, das sieht für diese Wache auch nicht gut aus. Sie wirken wie ein verschlafener Haufen, der nicht einmal bemerkt hat, dass eine Leiche in der Arrestzelle eingemauert war. Oh ja, der Erwin hat eifrig geplaudert.« Ihr Blick fixierte Horst. »Und da gab es auch einen Einspieler von Ihnen.«

»Aber ich habe nur gesungen«, verteidigte sich Horst.

»Und ich versichere Ihnen, dass *Auferstanden aus Ruinen* keine gute Idee war«, blaffte die Bürgermeisterin.

»Kommt mir irgendwie bekannt vor.« Maike runzelte die Stirn und versuchte, sich daran zu erinnern, woher sie die Zeile kannte.

»Das war die Nationalhymne der DDR«, flüsterte Gabi.

»Bitte was?!« Maike starrte Horst entsetzt an.

»Ist halt echt ein Ohrwurm«, erklärte der. »Am Abend davor war so eine Nostalgie-Party bei Freunden. Da lief das ständig. Dachte, das passt, weil Niederteerbach doch ...« An dieser Stelle sprach er nicht weiter.

Die Bürgermeisterin wirkte, als wolle sie jeden Augenblick das halbe Fenster aufreißen und sich an der Rigipswand vorbei in die Tiefe stürzen.

»Jetzt nehmen Sie das doch nicht so ernst, das geht vorüber«, sagte Maike und spürte tatsächlich ein wenig Mitleid.

»Erwin spricht auch über Sie«, sagte die Graefe.

»Ich will das Video sehen, sofort«, verlangte Maike von Gabi.

»Das war bestimmt Absicht«, flüsterte die Bürgermeisterin. »Er arbeitet immerhin drei Nachtschichten die Woche in Oberteerbach. Das war Sabotage, da steckt Willy dahinter.«

Gabi trat zur Graefe, nahm ihre Hand und tätschelte diese. »Jetzt werden wir aber nicht paranoid.«

»Moment.« Maike stoppte Gabi, die ihr gerade das Smartphone reichen wollte. »Die Videos sollten doch alle offline genommen werden, wieso ist das nicht geschehen?«

Wenn Zoes Informationen korrekt waren, standen ihnen die Sargfabrik, Raibach und sogar Frau Kuschel noch bevor. Das gäbe eine Katastrophe, einen Aufstand im Ort.

Die Bürgermeisterin blickte ruckartig auf. »Ja, wieso ist das nicht geschehen?«

Auf Gabis Schulterzucken sagte Maike: »Hol mir Julia Klock an den Apparat.«

»Genau!«, fiel die Bürgermeisterin ein. »Die soll uns erklären, wie das passieren konnte.«

»In meinem Büro«, ergänzte Maike und eilte hinaus.

Hinter ihr begann Graefe aufgeregt zu diskutieren. Da Lukas den Gegenpart übernahm, zitierte er vermutlich Dienstvorschriften, die verdeutlichten, dass Maike das Gespräch allein führen würde.

»Klock«, erklang kurz darauf die Stimme von Dellas Assistentin aus dem Hörer.

»Kriminalhauptkommissarin Maike Pech«, sagte Maike mit der Betonung auf ihrem Titel. »Frau Klock, wir haben mit Überraschung registriert, dass zwei vorproduzierte Videos online gegangen sind. Sie wollten sich doch mit Ihrem Zugang einloggen und alle Posts stoppen.«

Stille.

»Frau Klock?«

»Ja, natürlich. Sie haben völlig recht. Da scheint es ein paar Probleme gegeben zu haben, wissen Sie?« Die Assistentin wand sich hörbar.

»Das dürfen Sie gerne genauer ausführen«, sagte Maike. »Wo liegt denn das Problem?«

Erneute Stille.

»Frau Klock, ich weiß nicht, ob Ihnen das bewusst ist, aber diese Videos sind kein Scherz. Darin werden Menschen herabgewürdigt. Die Auswahl der Orte und der Subtext sind da sehr klar«, sagte Maike.

Julia Klock seufzte. »Das ist mir doch bewusst. Aber Della ließ sich nicht davon abbringen.«

Maike ging keine Sekunde davon aus, dass die Assistentin es überhaupt versucht hatte. »Können Sie nun die übrigen Videos offline nehmen, oder nicht?«

»Nein, tut mir leid. Kurz vor ihrem Tod hat Della meinen Zugang gesperrt«, sagte Klock.

Maike fehlten kurz die Worte. »Ich verstehe nicht ganz. Wieso entzieht Della ihrer Assistentin den Zugang?«

»Hören Sie, Frau Pech, ich muss mich jetzt um ein wichtiges Telefonat kümmern, immerhin bin ich arbeitslos.«

»Aber –«

»Und mein Beileid«, sprach die Assistentin einfach weiter. »Ich habe heute Morgen mitbekommen, dass Sie jetzt ja auch … nun ja. Aber mit vierzig fängt das Leben ja quasi erst an.«

»Woher wissen Sie von meinem Geburtstag?«, fragte Maike.

»Gestern ist dieser betrunkene Mann an der Pension vorbeigetorkelt und hat versucht, dieses Lied über die 66 Jahre – das ist, glaub ich aus den 50ern – umzudichten. Dass quasi mit vierzig das Leben erst anfängt. Und da fiel auch Ihr Name. Mittlerweile gibt es schon ein paar sehr nette Posts«, erklärte Klock. »Jetzt haben einige auch endlich verstanden, dass man Ihnen mehr Zeit lassen muss, das Verbrechen aufzuklären. Mit dem Alter werden wir ja alle langsamer. Also machen Sie sich nichts draus.«

Damit beendete sie das Gespräch.

Maike starrte den Hörer an und stellte sich vor, wie sie mit diesem auf die Tischplatte einschlug. Was sie natürlich nicht tat, immerhin war das Staatseigentum.

Auf ihrem Smartphone sammelten sich mittlerweile Glückwünsche in Form von Push-Nachrichten. Sowohl Sandro als auch Martin hatten kurz nach zwölf angerufen und ihr noch gratuliert. Das wollte zumindest Ersterer heute zudem persönlich tun.

Ihre Gedanken richteten sich wieder auf Julia Klock. Wieso hatte Della ihrer Assistentin den Zugang zum Account gesperrt? Dadurch konnte diese ihrer Arbeit doch gar nicht mehr nachgehen. Und noch wichtiger: Wann hatte Klock realisiert, dass sie keinen Zugriff mehr besaß? Laut Gabi hatte Klock ihr am Tag des Mordes versichert, die Videos offline zu nehmen. Sie musste erst bei diesem Versuch bemerkt haben, dass sie keine Zugriffsrechte mehr hatte.

Maike beschloss, das Trio in der Pension aufzusuchen, um auch direkt ein Gespräch mit Maximilian Matt zu führen.

Ein zaghaftes Klopfen erklang.

»Herein«, rief Maike.

Gabi trat ein und schloss die Tür hinter sich. In den Händen hielt sie eine hauchdünne rote Aktenmappe.

»Haben wir die Graefe unter Kontrolle?«, fragte Maike.

Gabi wiegte den Kopf hin und her. »Sie ist davongerauscht und hat vor sich hin gebrabbelt, dass man alles selber machen muss. Keine Ahnung, was sie damit meint. Horst ist ihr hinterher.«

Wenigstens herrschte nun Ruhe.

Maike deutete auf die Aktenmappe. »Was gibt es?«,

»Du hattest mich doch gebeten, die Liste anzuschauen, die du bei deiner Recherche zu Billie angefertigt hast«, erklärte Gabi.

Maike zuckte zusammen. »Stimmt.«

Mit einem Mal wirkte der Aktendeckel bedrohlich. Das Foto hatte sie dank Philip zur Sargfabrik geführt. Und über deren Besitzer zur Zeit von Billies Tod brauchte sie jetzt Informationen. Gabi kannte sich einfach am besten im Dorf aus. Daher hatte Maike sie gebeten, einmal alles Wissenswerte zusammenzutragen.

»Ich habe den ehemaligen Inhaber der Fabrik durchleuchtet. Und dabei ist tatsächlich etwas Seltsames herausgekommen«, erklärte sie. »Er hatte eine Halbschwester! Und seine *Halbschwester* besaß gemeinsam mit ihrem Mann einen Bauernhof weiter draußen. Offiziell wusste niemand, dass der Schröckel eine uneheliche Halbschwester hatte, damals war so etwas noch ein Skandal. Die Bauersleute lebten sehr zurückgezogen, und irgendwann ist die Frau gestorben. Später dann auch er. Der Hof steht heute leer. Alle Details sind hier in der Akte.«

Sie legte diese auf Maikes Tisch ab. Langsam und vorsichtig, als handelte es sich um ein rohes Ei.

»Danke«, sagte Maike.

»Ich habe Zoe versprochen, sie auch auf dem Laufenden zu halten«, führte Gabi weiter aus. »Ist das okay, wenn ich ...«

»Aber klar«, bestätigte Maike.

Sie selbst hatte heute nicht die Kraft dazu. Irgendwie schlug an diesem Tag alles über ihr zusammen: Erinnerungen, Verluste, Katastrophen der Gegenwart. Und während Maike sich jeden tieferen Gedanken verbot, vermengte sich doch alles zu einem Gefühl. Ein Druck in ihrem Inneren, der Hauch eines Nachhalls von Schmerz.

Ein Kopfschütteln, sie räusperte sich. »Sag Lukas, dass wir gleich zum Raibach fahren. Ich will diese Sache heute erledigt haben.«

Gabi nickte und verließ schweigend den Raum.

Maike betrachtete die blutrote Aktenmappe. Wieder ein Schritt weiter.

Das Klingeln des Telefons ließ sie zusammenzucken. Kurzerhand schnappte sie sich die Mappe und schob sie in die Schreibtischschublade. Später konnte sie sich das in Ruhe ansehen und weitere Informationen zusammentragen.

»Maike Pech?«, sagte sie in den Hörer.

»Guten Morgen«, trällerte Zoe. »Wie läuft dieser wunderbare Tag?«

»Du hast ja keine Ahnung, was du in deinem jugendlichen Leichtsinn so von der gibst«, gab Maike zurück.

»So schlimm?«, hakte Zoe nach.

»Schlimmer.« Sie gab eine kurze Zusammenfassung.

Natürlich wirkte Zoe nicht angemessen entsetzt – sie lachte. »Dann kommen wohl bald die Mistgabeln und Fackeln. Noch ein oder zwei Videos müssten reichen. Und fürs Protokoll: Ich bin auch bald vierzig, ist also nichts mit jugendlichem Leichtsinn.«

Maike beschloss, das Thema schnellstmöglich zu wechseln. »Willst du nur nachhören, ob ich schon auf dem Fenstersims stehe oder hat dein Anruf berufliche Gründe?«

»Sowohl als auch«, sagte Zoe. »Thomas pflegt ja gute Kontakte zum toxikologischen Labor, unnötig zu sagen, dass die Leiterin weiblich ist. Auf jeden Fall hat sie unter der Hand – kleiner Dienstweg! – bereits angedeutet, dass es da eine Auffälligkeit gibt.«

»Ja?« Maike lauschte gespannt.

»Es ist nicht der Lippenstift gewesen«, sagte Zoe. »Und genau deshalb ist es so tückisch. Es scheint, als sei der Eiweißshake verunreinigt gewesen, dessen Reste wir im Magen gefunden haben. Della hätte jeden Kosmetikartikel so oft austauschen können, wie sie wollte, trotzdem hätte sie einen allergenen Stoff weiterhin aufgenommen. Sie prüfen gerade die exakte Konzentration, aber es scheint eine Zitruskomponente zu sein, die in vielen Nahrungsmitteln auch als Geschmacksverstärker gilt. Auf diese hat Della stark reagiert.«

»Wieso gab's dann keinen anaphylaktischen Schock?«, fragte Maike. »Wenn sie das Zeug ständig zu sich genommen hat.«

»Das ist der Punkt«, sagte Zoe. »Weißt du, wie das bei Menschen mit Neurodermitis läuft?«

»Glücklicherweise nicht«, sagte Maike. »Mergentaler hat da ein paar Andeutungen gemacht, aber keine Details genannt.«

»In diesem Fall handelt es sich um eine Atopische Dermatitis«, erklärte Zoe. »Also eine durch Allergene ausgelöste Neurodermitis. Dabei stört eine Entzündungsreaktion die natürliche Schutzfunktion der Haut. Es entstehen Risse und die Folge kann eben recht heftig sein. Wir wissen ja, dass Della grundsätzlich Allergikerin war, und damit ist sie per se anfällig für so etwas.«

»Und das erklärt den Ausschlag auf den Lippen?«, fragte Maike.

»Jemand, der bereits durch zugeführte Allergene ein geschwächtes Immunsystem besitzt«, sagte Zoe, »ist super anfällig für weitere Stoffe. Gerade Zusatzstoffe in Kosmetika können dann alles Mögliche auslösen. Es gibt Menschen, die vertragen keine Sonnencreme mehr, weil sie plötzlich überall Pusteln bekommen. Meine Vermutung geht dahin, dass jemand Della mit kleinen Mengen an Allergenen das Leben zur Hölle machen wollte. Um die exakt tödliche Dosis zu erwischen, hätte die Person aber wissen müssen, wie Della auf genau diesen Stoff reagiert.«

»Also persönliches Umfeld.« Maike war nicht überrascht. »Beständige Vergiftung durch dieses allergene Zeug, das schließlich auch die Pusteln auf den Lippen auslöst. Natürlich denkt Della daraufhin, dass etwas mit der Kosmetik nicht stimmt.«

»Letztlich stammt der Ausschlag tatsächlich vom Lippenstift«, sagte Zoe. »Da gehe ich sogar jede Wette ein. Aber eben nicht durch etwas, was in diesen hineingemengt wurde. Es ist irgendein Stoff, der sowieso bereits darin war. Durch den Zusatz im Eiweißshake wurde erst dafür gesorgt, das Della auf weitere Dinge reagiert. Das wäre in den nächsten Wochen und Monaten noch viel schlimmer geworden.«

Und um ihren Verdacht zu bestätigen, dass etwas mit der Kosmetik nicht stimmte, hatte Della diese zu Doktor Mergentaler geschickt. Das Labor hat natürlich nichts gefunden. Wer denkt schon an den Eiweißshake, der zuvor niemals Probleme gemacht hat.

»Da hatte jemand eine richtig üble Wut auf Della«, sagte Maike. »Trotzdem ist es ein großer Schritt von einer Beimengung von Allergenen bis zu einer manipulierten Eisbox.«

Erneut richteten sich ihre Gedanken auf Maximilian Matt. Dieser hatte selbst berichtet, dass er ständig von Della aus dem Bett geklingelt worden war und vermutlich täglich Zeit in ihrer Wohnung verbracht hatte.

»Der Teufel trägt Prada ...«, murmelte Maike.

Zoe lachte leise. »Meinst du?«

»Keine Ahnung. Diese Sache ist noch recht undurchsichtig. Gerade wenn es um Della als Mensch geht. Sie war schlau, wissbegierig und geschäftstüchtig«, sagte Maike. »Gleichzeitig sperrt sie Julia Klock den Account und brennt Maximilian Matt aus. In ihrer Stadtvilla gab es nahezu keinen persönlichen Gegenstand, weder Bilder noch sonst etwas. Was sagt das über einen Menschen aus?«

»Möglicherweise, dass sie einsam war«, kam es nach kurzem Schweigen von Zoe. »Aber hast du nicht erwähnt, dass sie verheiratet war?«

»Eine Ehe in jungen Jahren«, sagte Maike. »Scheidung zwei Jahre nach standesamtlicher Trauung, keine Kinder. Der Mann lebt mittlerweile in ... du darfst raten.«

»Berlin?«

»Richtig! Ich scheine die Einzige zu sein, die den umgekehrten Weg genommen hat. Und da sich mein persönlicher Kommissar gerade auf Dienstreise befindet, kann ich ihn nicht mal dazu anstacheln, einen kurzen Besuch durchzuführen.«

»Ist ihr Exmann denn verdächtig?«, fragte Zoe.

»Du weißt doch, es ist meist das persönliche Umfeld«, entgegnete Maike. »Allerdings ist das in Ihrem Fall eher in Form ihrer Angestellten vorhanden. Laut Julia Klock, also ihrer Assistentin, hat Della ihren Mann schon Jahre nicht mehr gesehen.«

Gabi hatte die Akten geprüft und nichts gefunden, außer seiner Meldeadresse. Keinerlei Akteneinträge.

»Sag mal, wenn Della nicht an dem Allergen starb, aber auch nicht an der Vereisung, was war es denn dann?«, fragte Maike.

»Gib mir noch ein paar Stunden, dann kann ich dir das sagen«, erwiderte Zoe. »Die Spusi untersucht gerade die Flaschen mit dem flüssigen Stickstoff. Ich vermute, dass der Inhalt anders aussehen wird, als der Techniker von CryoYoung glaubt.«

»In diesem Fall macht dann wohl echt die Mischung das Gift«, sagte Maike. »Allergene, flüssiger Stickstoff, und was sonst noch. Die arme Frau.«

»Ich gebe dir auf jeden Fall sofort Bescheid, wenn ich mehr weiß«, versprach Zoe.

Maike bedankte sich und beendete die Verbindung. Immerhin verdichtete sich langsam das Bild der Ereignisse. Letztlich würden sie die wahre Todesursache schon noch finden, und kein Mörder konnte so etwas völlig unbemerkt durchführen.

Sie erhob sich und blickte auf die Uhr. Dieser Tag hatte katastrophal begonnen und noch nicht einmal die Mittagszeit erreicht. Sie würde aufatmen, wenn er vorbei war.

Im Nachbarbüro saß Gabi vor dem Computer und ließ die Tastatur klacken. Ihr Gesicht wirkte grimmig. »Heute Abend unterhalte ich mich mit dem Erwin!«

»Lass ihn aber bitte leben«, sagte Maike.

»Darüber denke ich noch nach!«, stellte Gabi klar.

Maike wandte sich an Lukas. »Wir beide besuchen Maximilian Matt im Raibach.«

Er sprang auf und gemeinsam verließen sie Büro und Rathaus, vorbei an Fans, Influencern und Reportern. Kurz blickte Maike nach oben in Richtung des Fensters von Bürgermeisterin Graefe. Es blieb zu hoffen, dass diese nicht auf dumme Gedanken kam. Aber was konnte sie schon tun?

10. Kapitel

Auf ihr Klopfen an der Tür des Pensionszimmers hin, begann es dahinter zu rumoren. Es klackte, ein Spalt öffnete sich. Maximilian Matt blinzelte ihnen verschlafen entgegen.

»Wir wollten Sie noch einmal sprechen«, sagte Maike.

Dellas persönlicher Sekretär öffnete die Tür und ließ sie eintreten, vermutlich, weil er einfach überrumpelt war. Er trug Jogginghosen und ein Schlafshirt. Das Gesicht wurde von einem Bartschatten geziert.

»Setzen Sie sich«, sagte Matt und deutete auf die Stühle neben einem Tischchen. Darauf stapelten sich Papiere und Schnellhefter. Ein geschlossener Laptop stand daneben.

In der Spalte zwischen Bett und Fenster lag der aufgeklappte Koffer mit seiner Kleidung. Die Bettdecke war zerwühlt.

Matt sank auf sein Bett und rieb sich die Augen.

Während Lukas Platz nahm, seinen Block hervorzog und Notizen machte, blieb Maike stehen.

»Wir können gerne in den Speisesaal der Pension gehen und unsere Unterhaltung bei einem Kaffee führen«, schlug Maike vor.

»Sind Sie wahnsinnig?«, fragte Matt. »Dort unten wimmelt es von Presse. Ich habe keine Lust auf weitere Schnappschüsse. Einige machen mich verantwortlich, weil ich als persönlicher Sekretär ja auf alles hätte achten müssen.«

»Was mit Della geschehen ist, konnte niemand vorausahnen – außer dem Mörder natürlich«, sagte Maike. »Das wird auch der Rest der Welt irgendwann verstehen. Da würde ich mir nicht allzu viele Sorgen machen.«

Wenn sie an all die Posts dachte, die über sie im Netz kursierten, kam ihr diese Lüge nicht mehr ganz so leicht über die Lippen. Aber irgendwie wollte sie Matt beruhigen. Er wirkte so kraftlos.

»Auf jeden Fall konnte ich so ein wenig Schlaf nachholen, dank einer Schlaftablette.« Er lächelte zaghaft. »Vierzehn Stunden. Hat echt gut getan.«

»Dann haben Sie vom gestrigen Tag ja gar nicht mehr so viel mitbekommen«, warf Lukas ein.

Matt nickte. »Habe mich von allem ferngehalten. Diese ganzen Vermutungen, alte Bilder, Halbwahrheiten … das ist doch furchtbar. Und dann gibt es irgendwelche Tribute-Posts mit langsamer Musik und schönen Bildern. Die Hälfte der Leute, die diese Posts anfertigen, haben Della gehasst.«

»Frau Klock hat uns da eine Liste zukommen lassen«, sagte Maike. »Unnötig zu erwähnen, dass die ziemlich lang ist. Sagen Sie, waren Sie oft bei Della zuhause?«

Ein kurzes Schulterzucken. »Für meinen Geschmack zu oft. Sie hat ja ständig angerufen. Wollte, dass ich ihr irgendein Produkt aus der Apotheke hole, Einkäufe erledige oder mit ihr gemeinsam die Steuer mache.«

»Dabei haben Sie geholfen?«, fragte Maike verblüfft.

Er nickte. »Und eines kann ich Ihnen sagen, da war Della ultragenau. Sie war sowieso ein sehr perfektionistischer Mensch.«

»Ist mir aufgefallen«, warf Maike ein.

»Ist das etwas Schlechtes?«, fragte Lukas.

»Vermutlich nicht, wenn man nur für sich selbst verantwortlich ist. Als Chefin ist so jemand eine Tortur, denn sie hat erwartet, dass jeder alles fehlerfrei erledigt«, erklärte er. »Und natürlich rasend schnell. Leider ist niemand perfekt, man konnte ihre Erwartungen also gar nicht erfüllen.«

Maike wiederholte ihre Frage aus dem ersten Verhör. »Und trotzdem haben Sie das mitgemacht. Warum? Und kommen Sie mir jetzt nicht mit der Sache vom ersten Job nach dem Studium. Das klingt wie die Hölle.«

»War es auch«, gestand er frei heraus. »Hartz IV hätte es aber nicht besser gemacht. Gedanklich war ich längst auf dem Absprung. Habe mich schon umgesehen nach einem neuen Job, der mich erst mal über Wasser hält.«

»Was mussten Sie denn so besorgen? Ist Dellas Eiweißshake auch mal zur Neige gegangen?«, fragte Maike. »Mussten Sie den nachkaufen?«

Matt runzelte verwirrt die Stirn. »Lustig, dass Sie genau darauf kommen. Nein, an den hat sie mich nicht rangelassen. Niemanden.« Er rieb sich die Müdigkeit aus den Augen. »Wissen Sie, Della war Allergikerin. Die ersten paar Sorten Eiweißshake hat sie nicht so gut vertragen, deshalb hat sie länger gesucht. Diese Marke war bekömmlich, musste aber bestellt werden. Irgendeine Firma in den Niederlanden.«

Maike schielte zu Lukas, der eifrig notierte. Falls Della das Pulver ins Haus geliefert bekommen hatte, musste die Beimengung des allergenen Stoffes dort passiert sein. Doch würde Maximilian Matt so frei heraus darüber sprechen, wenn er es gewesen wäre?

»Und außer Della hatten nur Sie Zutritt zur Wohnung?«, fragte Maike.

»Soweit ich weiß, hatte lediglich ich einen Zweitschlüssel«, sagte Matt. »Sie war da sehr eigen.«

Womit der Sekretär auf der Verdächtigenliste wieder nach oben rutschte. Was die alte Frage aufwarf, wieso er es zugeben sollte. Sie konnten nicht überprüfen, wie viele Schlüssel für die Stadtvilla in Umlauf waren.

»Wie kommt es, dass der Epi-Pen in Dellas Pensionszimmer liegt, aber nicht vor Ort dabei war?«, fragte Maike.

Matt setzte zu einer Antwort an, stoppte und runzelte die Stirn. »Das kann nicht sein. Ich weiß genau, dass ich ihn eingepackt habe.«

»Und da sind Sie sich absolut sicher?«, fragte Maike. »Besaß Della womöglich einen zweiten?«

Er nickte.»Ja, aber der war in ihrer Wohnung deponiert. Einer dabei, einer zu Hause. Und ich bin absolut sicher, dass ich ihn eingepackt habe, das prüfe ich bei jedem Verlassen unserer Unterbringung. Einmal ... vor einigen Monaten hatte ich ihn vergessen. Damals hatte Della gerade einen neuen Eiweißshake getrunken. Am Ende saßen wir alle im Krankenhaus. Sie hat mich noch nie so angebrüllt wie an diesem Tag.« Er wirkte bedrückt. »Ich hatte echt Angst um sie. Deswegen habe ich ihr das auch nicht übel genommen. Stellen Sie sich vor, dass ein Bissen von irgendwas, das Sie mögen, Sie ins Krankenhaus befördern kann.«

Unweigerlich leuchtete das Wort *Marzipan* vor Maikes innerem Auge auf. »Schrecklich«, murmelte sie.

Wieso war der Epi-Pen dann aber im Hotelzimmer gewesen? Nach Dellas Tod hatte die Spusi alles abgesperrt und nach der Befragung hatte niemand etwas vom Tatort entfernen können. Sie betrachtete Matt eingehend und kam zu dem Schluss, dass er vermutlich die Wahrheit sagte. Nach einem solchen Erlebnis hätte er den Pen nicht mehr vergessen; niemand hätte das.

Maike nickte ihm freundlich zu. »Dann danke ich Ihnen erst mal.«

»Gerne.« Er gähnte. »Ich lege mich noch mal aufs Ohr.«

Unweigerlich musste sie grinsen. »Okay! *(langgezogen, erstaunt, dass man nach 14 Stunden nochmal schlafen kann)* Auf jeden Fall holen Sie den Schlaf rasch nach.«

Gemeinsam mit Lukas verließ sie das Zimmer.

Und fand sich Auge in Auge mit Martin. Für einen Moment war Maike überzeugt, dass sie jetzt – mit vierzig – endgültig den Verstand verlor.

»Hi«, sagte er und grinste breit.

Wie immer trug der Herr Macho-Polizist Lederjacke, Pulli und Jeans. Dazu dunkles Haar und Dreitagebart. Leider sah er damit eben auch verdammt gut aus.

»Was machst du denn hier?«, fragte Maike.

»Herzlichen Glückwunsch zum Geburtstag und alles Gute.« Martin nahm sie in den Arm.

Da er gerade in einer offenen Zimmertür stand und sie auf diese Art über seine Schulter blickte, sah sie den Reisekoffer und das Klamotten-Chaos daneben.

»Du hast dir ein Zimmer genommen ... Oh, ich verstehe.« Sie schob Martin auf Armeslänge von sich. »Die Dienstreise gibt es gar nicht.«

Er machte einen Schritt zurück und hob die Arme. Dass ein Lausbubengrinsen auf seinem Gesicht lag, half ihm allerdings nicht. Sie ging ihm nach. Und schwupps standen sie alle drei im Zimmer.

»Ich wollte dich eben überraschen«, sagte er.

»Und dann fährst du nicht zu Zoe, sondern versteckst dich hier?« Maike hatte ihrem Instinkt schon immer vertraut und dieser wies in eine eindeutige Richtung. »Du wurdest absichtlich hier versteckt.«

»Nein.« Martin grinste noch breiter.

Maike linste zu Lukas, der an seinem Kragen zupfte und von einem Bein auf das andere trat. Sein Fluchtinstinkt war nicht zu übersehen.

»Gabi«, schlussfolgerte Maike. »Überraschungsparty.«

Martin seufzte auf. »Sie wollte dir eine Freude machen.«

»Kein Mensch feiert freiwillig den Vierzigsten!«, blaffte sie.

»*Jeder* feiert freiwillig seinen Vierzigsten«, hielt Martin dagegen. »So schlimm ist das doch gar nicht.«

»Das sagst du, mit deinem Dreitagebart und deinem Macho-Charme.«

»So, du findest, ich habe Charme.« Er zwinkerte ihr zu.

»Gleich kommt ein blaues Auge dazu«, stellte sie klar. »Ich hasse Überraschungen!«

Auf Martins Gesicht zeichnete sich Verblüffung ab. Er blinzelte. »Ich hätte schwören können, dass eure Bürgermeisterin gerade an meiner Tür vorbeigeflitzt ist.«

»Also deine Ideen für einen Themenwechsel sind miserabel«, stellte Maike klar.

Lukas linste auf den Gang. »Äh, Maike.«

Sie war mit einem Schritt bei ihm und sagte an Martin gewandt: »Wir beide sprechen uns noch.«

Und tatsächlich, in vier Meter Entfernung stand Bürgermeisterin Sabine Graefe vor einer der Pensionstüren, schob den Schlüssel ins Schloss und drückte die Klinke herunter.

»Vielleicht hat sie eine Affäre?«, raunte Lukas.

Martins Kopf tauchte neben Maike auf. Auch er spähte in die entsprechende Richtung. »Wohl kaum. Da drin wohnt Julia.«

»Bitte wer?«, fragte Maike.

»Julia Klock, die ist total nett«, sagte Martin.

»Woher kennst du die denn?«, wollte Maike wissen.

»Wir sind quasi Nachbarn. Sind uns hier begegnet und haben ein wenig geplaudert«, erwiderte Martin.

Maike war nicht sicher, was sie mehr schockierte. Die Tatsache, dass Martin sich mit einer Verdächtigen angefreundet hatte oder dass die Bürgermeisterin sich gerade – offenbar widerrechtlich – Zutritt zum Zimmer besagter Verdächtigen verschafft hatte.

»*Das* meinte sie also«, sagte Lukas und ergänzte auf Maikes fragenden Blick: »Na, sie wollte doch irgendetwas selbst in die Hand nehmen.«

»Die kann was erleben.« Maike löste sich aus dem Türrahmen und stapfte der Graefe hinterher. Sie hielt sich nicht damit auf, an die Tür zu klopfen. Kurzerhand drückte sie die Klinke herunter und betrat den Raum.

Die Bürgermeisterin hatte sich gerade über eine Tasche gebeugt und fuhr herum. »Frau Pech, so ein Zufall. Sie auch hier.« Die Graefe wollte sich mit dem Arm auf der Stuhllehne abstützen, verfehlte diese jedoch und rutschte nach vorn.

»Ja, so ein Zufall«, sagte Maike. »Wir beide hier gemütlich im Zimmer einer Verdächtigen. Das können Sie doch nicht machen!«

»Wir«, korrigierte die Bürgermeisterin. »Sie sind ja auch hier, Frau Pech.«

»Um Sie auf schnellstem Weg hier herauszuschaffen. Was denken Sie, was geschieht, wenn Julia Klock hier auftaucht?«, fragte Maike.

»Ach, da müssen Sie sich keine Sorgen machen.« Mit jeder Sekunde gewann die Graefe ihr Selbstbewusstsein zurück. »Sie sitzt mit Frau Fein unten bei einem Kaffee. Ich habe mit meinem guten alten Freund Raibach einen Deal geschlossen. Er hat mir den Schlüssel gegeben und lenkt die beiden ab, bis ich fertig bin. Und dafür komme ich ihm entgegen. Bei der einen oder anderen Genehmigung.«

»Das habe ich jetzt mal nicht gehört«, sagte Maike.

»Ah, Herr Yilmaz.« Die Bürgermeisterin nickte mit einem freundlichen Lächeln über Maikes Schulter. »Und der Herr Kriminalhauptkommissar aus Berlin. Das ist ja ganz wunderbar. Acht Augen sehen mehr als zwei.« Sie beugte sich wieder über die Tasche und durchsuchte den Inhalt.

»Das kommt überhaupt nicht infrage!«, sagte Maike. »Wir haben keinen Durchsuchungsbeschluss. Falls jemand hier hereinschneit, stehen wir einer Anklage gegenüber. Ich habe wirklich keine Lust, an meinem Geburtstag vor Sandro zu sitzen und mich zu rechtfertigen.«

Die Bürgermeisterin fuhr in die Höhe. »Das habe ich ja völlig vergessen, die magische Vierzig.«

Womit die Graefe ihre Situation wirklich nicht verbesserte.

»Herzlichen Glückwunsch«, sprach sie weiter. »Ich erinnere mich noch genau an diesen Augenblick. Wenn ich mich recht entsinne, hatte ich damals eine Panikattacke. Aber so schlimm war es dann doch nicht. Und man sieht es Ihnen ja auch fast gar nicht an.«

»Wir gehen jetzt«, sagte Maike.

»Ist Ihnen eigentlich klar, wie es weitergeht?«, fragte die Graefe. »Wie wird sich Frau Kuschel fühlen, wenn sie erst berühmt ist? Oder gar unsere wunderschöne Sargfabrik in den Dreck gezogen wird? Wir haben hier eine Verantwortung.« Jetzt stemmte sie sogar die Fäuste in die Hüften. »Wollen Sie unsere lieben Freunde dem gleichen Schmerz aussetzen, den Sie und ich erdulden mussten? Stellen Sie sich doch nur vor, wie schön es wird, wenn wir diesen Fall lösen.«

»Wir?«, echote Maike.

»Ich wusste, dass Sie ein Teamplayer sind.« Die Graefe lächelte sie an wie eine alte Freundin. »Wer auch immer dieser Mörder ist, er wird seiner gerechten Strafe nicht entgehen. Und falls Willy ... also Bürgermeister Herzog, dieser alte Mähdrescher, damit etwas zu tun hat, werde ich dafür sorgen, dass der Gemeinderat von Oberteerbach ihn absetzt. Jawohl.«

Das nun einsetzende diabolische Funkeln in ihren Augen machte Maike nun doch ein wenig Angst. Sie wich sicherheitshalber einen Schritt zurück.

»Also, wenn wir schon einmal hier sind«, sagte Martin, »können wir uns doch umschauen.«

»Du bist nicht dienstlich vor Ort«, stellte Maike klar. »Du bist Privatperson.«

»Entspann dich«, sagte Martin. »Wir sind ja auch nicht offiziell hier im Raum, sondern ebenfalls privat.«

»Ich muss an dieser Stelle wirklich auf die Dienstvorschriften hinweisen«, sagte Lukas zaghaft.

»Wir können auch einfach das Gesetz als Ganzes nehmen, das in sehr vielen Paragrafen etwas Derartiges verbietet«, stellte Maike klar. »Dieser Raum …«

»Die Tür war offen«, sagte Martin.

»Weil unsere Bürgermeisterin sie geöffnet hat!« Maike stand kurz davor, sie einfach alle zu verhaften.

»Mit einem Schlüssel«, säuselte die Graefe. »Und der wurde mir ganz offiziell vom Inhaber überreicht. Das ist doch legal. Oder wenigstens Grauzone.«

»Nein«, sagte Maike. »Es ist nicht einmal das. Auch Inhaber können nicht einfach ein Zimmer öffnen und durchsuchen. Das geht nicht.«

»Wissen Sie«, sagte die Bürgermeisterin vertraulich, »wenn ich mich an jede Dienstvorschrift gehalten hätte, wäre Niederteerbach niemals so weit gekommen.«

Maike hatte zwar keine Ahnung, ab wann man von ›weit gekommen‹ sprechen konnte, aber gut.

»Wir wenden jetzt hier die Graefe-Lösung an«, sagte die Bürgermeisterin und setzte ihre Durchsuchung fort. »Schließlich wollen wir diesen Fall alle schnell abschließen, richtig? Sie haben ja heute noch was vor, Frau Pech.«

»Wir können doch … Moment, was habe ich heute vor?«, fragte Maike. »Und woher wissen Sie davon?«

»Gabi hat das schon alles gut organisiert.« Martin schloss sich der Durchsuchung an und blätterte durch die Papiere auf dem Schreibtisch, wobei er Maikes Blick eindeutig mied.

»Wie groß ist diese Überraschungsparty denn?«, fragte Maike. »Jetzt hört endlich auf mit der Durchsuchung!«

»Wenn Sie auch mal helfen würden, wären wir schneller mit alldem fertig«, sagte die Graefe. »Andernfalls werden wir noch erwischt.«

Maike nahm sich fest vor, Gabi dazu zu überreden, bei der nächsten Bürgermeisterwahl als Gegenkandidatin anzutreten. Das ging einfach nicht mehr so weiter.

»Oh, ich hab was.« Martin betrachtet neugierig ein Blatt Papier.

Wie ein Blitz stand die Bürgermeisterin neben ihm. »Interessant.«

Maike seufzte. »Na schön, was ist es?«

Sie hasste diesen Tag.

11. Kapitel

Maike schob Martin beiseite und warf einen Blick auf das Papier. Es war sofort erkennbar, dass es sich um einen Vertrag handelte. Einer, der über und über mit Markierungen versehen war. Kleine gelbe Post-its waren angeklebt. Auf einem davon stand *Schlupfloch,* auf einem anderen: *Vertragsbruch?*»Ich glaube, den Anruf bei der Kanzlei Schlag & Hau kann ich mir sparen«, murmelte Maike.

»Ach, sind Sie auch dort?«, fragte die Graefe. »Die sind sehr kompetent.«

»Und Della hatte sie auf ihrer Seite«, ergänzte Maike. »Auf dem Anrufbeantworter in ihrer Stadtvilla hat ein gewisser Daniel Schlag etwas draufgesprochen.«

»Einer der Seniorpartner.« Die Graefe riss die Augen auf. »Also das ist ja eine Frechheit. Ich bekomme immer diesen Junganwalt Frank im vierten Jahr, der ist noch grün hinter den Ohren. Aber ich bin ja keine Della De-Lorain.« Ein Seufzen erklang. »Die Frau hat einfach Glück.«

»Sie ist tot«, sagte Maike.

»Davon abgesehen natürlich.« Die Bürgermeisterin wedelte mit der Hand. »Jetzt lenken Sie doch nicht ständig ab, Frau Pech. Wir sind hier sozusagen auf feindlichem Territorium.«

Martin hielt den Vertrag noch immer in der Hand und überflog die Seiten. »Das ist richtig übel.«

»Inwiefern?«, fragte Maike.

»*Knebelvertrag* trifft es nicht einmal annähernd«, erklärte er. »Julia Klock darf bis zu zwei Jahre nach der Kündigung bei keiner anderen Influencerin oder einer branchennahen Person arbeiten. Darüber hinaus gilt eine strikte Geheimhaltungsklausel, die verdammt weit gefasst ist. Falls Julia, also Frau Klock, da auch nur ein falsches Wort in einem schwachen Moment haucht, kann sie auf eine Summe bis zu einer halben Million verklagt werden.«

»Und das Ding soll hieb- und stichfest sein?«, fragte Maike.

»Da hängen alle möglichen ergänzenden Unterlagen mit an«, sagte er. »Inklusive einer Erklärung an Eides statt. Das muss Della verdammt wichtig gewesen sein. Vielleicht hat sie schlechte Erfahrungen gemacht?«

Graefe nickte wissend. »Oh ja, gutes Personal ist gar nicht so leicht zu finden.«

Maike unterdrückte den Impuls, das Thema aufzugreifen. Schließlich arbeitete sie als Kriminalhauptkommissarin auch irgendwie für Bürgermeisterin Graefe.

Lukas hatte mittlerweile das komplette Zimmer durchsucht. »Im Bad stehen zwei Zahnbürsten.«

Die leichthin ausgesprochene Bemerkung brachte ihm durchdringende Blicke ein. Selbst der Vertrag verlor schlagartig an Bedeutung.

»Von wem ist die zweite?«, fragte die Graefe.

»Das ist meine«, sagte Maike und ergänzte mit einem Augenrollen: »Woher sollen wir das denn wissen?«

»Na, das machen wir mit einer DNA-Probe.« Die Bürgermeisterin deutete auf die Badezimmertür. »Jetzt rupfen Sie doch einfach an beiden Bürsten ein Büschel raus und wir lassen das dann von der Frau Schwäfel untersuchen, Herr Yilmaz.«

»*Das* machen *wir* ganz bestimmt nicht«, stellte Maike klar.

»Frau Pech, Sie verstehen die Gewichtigkeit dieses Falls nicht so richtig.«

»Nächstes Jahr ist Wahl.«

»Sie verstehen es ja doch.« Die Bürgermeisterin nickte zufrieden. »Dann können wir ja –«

Ein Hämmern an der Tür ließ alle zusammenfahren.

»So fühlt sich das also an, auf frischer Tat ertappt zu werden«, murmelte Maike.

Die Tür wurde aufgerissen und ein sichtlich nervöser Raibach stürmte herein. »Sie müssen sofort verschw…« Er schwieg verdutzt. »Sie haben sich Unterstützung geholt, Frau Bürgermeister. Ist das Ganze dann jetzt eine offizielle Durchsuchung?«

Maike räusperte sich. »Tendenziell eher nicht.«

»Das ist dann blöd, weil die Frau Klock gerade mit der Frau Fein die Treppe heraufkommt«, erklärte der Raibach.

Maike sah in leuchtenden Lettern das Wort *Dienstaufsichtsbeschwerde* vor sich schweben. Ihr anklagender Blick traf Martin, der eigentlich nichts dafür konnte, aber gerade praktisch stand.

»Wieso stehen Sie denn noch da rum?«, fragte Raibach und war mit einem Satz bei der Verbindungstür, die so unauffällig in die Wand eingelassen war, dass Maike sie für eine Attrappe gehalten hatte. »Hier geht's in Feins Zimmer.« Er schob den Schlüssel hinein, klapperte, runzelte verwirrt die Stirn und drückte die Klinke hinunter. »Ah, war offen.«

Noch während Maike ihr unverhofftes Glück realisierte, packte Martin sie am Arm und gemeinsam eilten sie alle durch die Verbindungstür ins Nebenzimmer. Es blieb gerade noch ausreichend Zeit, die Tür zuzuziehen.

»... mach dir mal keine Sorgen«, erklang die Stimme von Julia Klock. »Das dauert noch zwei oder drei Tage, dann ist das erledigt.«

»Aber wenn die etwas bemerken?«, fragte Laura Fein.

»Du glaubst doch nicht, dass die Alte sich damit auskennt«, gab Klock zurück.

»Das tut mir jetzt leid«, flüsterte die Bürgermeisterin, den Blick auf Maike gerichtet.

»Wie kommen Sie denn jetzt da drauf, dass die von mir sprechen?«, gab Maike zurück.

»Sie ist Kommissarin«, erklang Klocks gedämpfte Stimme durch die Tür. »Du weißt doch, wie das ist. Wenn Sie nichts Besseres mit sich anzufangen wissen, werden sie Beamte. Sicherer Beruf.«

Martin legte Maike die Hand auf die Schulter und drückte beruhigend. Erst das machte ihr bewusst, dass seine Anwesenheit ihr guttat. Außerdem verhinderte er dadurch, dass sie die Tür aufriss und kurzerhand beide wegen Beamtenbeleidigung festnahm.

Illegalerweise!

Lukas trat unruhig von einem Fuß auf den anderen, das Wort *Dienstvorschriften* lag ihm quasi auf den Lippen.

»Raus jetzt!«, zischte Maike und fuchtelte in Richtung Zimmertür.

Widerstrebend ging Raibach hinaus, gefolgt von der Graefe und Lukas.

»Das würde nur jemand bemerken, der richtig gut in Mustererkennung ist«, erklang Klocks Stimme.

Maike schob Martin hinaus. Sie schlossen leise die Tür und Maike atmete erst auf, als sie den Flur hinter sich gelassen hatten und auf dem Weg nach unten waren.

»Denkst du das Gleiche wie ich?«, fragte er.

»Dass wir eine neue Bürgermeisterin für Niederteerbach brauchen?«, gab sie zurück.

Martin lachte kurz auf, verbarg es aber hinter einem Hüsteln, als Graefe zu ihnen sah. »Das bezog sich eher auf die Zahnbürsten.«

»Offene Durchgangstür, zwei Zahnbürsten in einem Bad.« Sie nickte. »Klock und Fein haben ein Verhältnis oder sind ein Paar. Und was noch spannender ist: Sie halten es geheim.«

»Wie kommst du darauf?«, fragte er. »Vielleicht haben die beiden es dir gegenüber einfach nur nicht erwähnt.«

»Mag sein, aber Maximilian Matt hätte es getan«, sagte Maike. »Hat er aber nicht. Er mag zwar neu im

Team von Della gewesen sein, aber nach einigen Monaten sollte man doch wissen, wenn es bei drei Leuten ein persönliches Verhältnis gibt. Er hat sie mehrfach als ›gutes Team‹ bezeichnet. An der Stelle hätte ich es ihm angesehen, wenn er es bewusst verschwiegen hätte.«

Nein, Maike war sich sicher, dass Dellas persönlicher Sekretär keine Ahnung von der Beziehung der beiden Frauen hatte. Doch weshalb hielten die beiden es geheim?

Sie erreichten das Erdgeschoss und waren im nächsten Moment von Kameras umgeben. Fragen wurden gerufen. Mehr als ein Blick heftete sich an Martin. Lukas' Stern schien im Angesicht von geballtem Dreitagebart-Macho-Flair ein wenig zu sinken.

»Wir geben keinen Kommentar ab«, rief Maike.

Bürgermeisterin Graefe räusperte sich. »Ich kann Ihnen als Bürgermeisterin dieses vitalen Ortes versichern, dass unsere hochkompetente Kriminalhauptkommissarin Maike Pech, die wir extra von Berlin abgeworben haben, alles daransetzen wird, den Mörder zur Verantwortung zu ziehen. Mit ihrer jahrzehntelangen Erfahrung ist sie bestens geeignet für diesen Job.«

Maike lächelte Graefe zu. Gleichzeitig stellte sie sich vor, diese an den Ohren zu packen und aus der Pension zu schleifen. ›Jahrzehntelange Erfahrung‹ klang am heutigen Tag eher suboptimal.

»Irgendwelche Fragen?«, säuselte die Graefe mit einem Lächeln auf dem Gesicht.

Eine junge Frau mit dunklem Haar und pinken Strähnen hielt ihr Smartphone näher heran. »Stimmt es, dass hier einmal ein Porno gedreht wurde?«

Graefes Antlitz gefror, als hätte sie direkt in das Gesicht der Medusa geblickt. »D… Also, wir … Kunst, muss man … keine weiteren Fragen.« Damit rauschte sie hinaus.

»Die kriegen jeden klein«, sagte Maike.

Mit Lukas und Martin verließ auch sie die Pension. Die Bürgermeisterin hatte einen Fluchtkurs in Richtung Rathaus eingeschlagen.

»Das mit Della und Klock lief wohl auf einen Rechtsstreit hinaus«, sagte Martin. »In diesem Zusammenhang hätte ich, wenn ich Laura Fein wäre, eine Beziehung oder Affäre ebenfalls nicht an die große Glocke gehängt.«

»Quasi an die Klock gehängt«, sagte Lukas. »Tschuldigung, der war …«

Maike schmunzelte und wandte sich Martin zu. »Das würde jetzt davon abhängen, wie lange die beiden schon zusammen sind. Und Julia Fein hatte eindeutig Angst davor, dass ich Dinge entdecke.«

»Vergessen wir nicht, dass Klock da weniger Angst hatte.«

»Ernsthaft, wer nennt jemanden heutzutage noch ›die Alte‹?«, grummelte Maike. »Aber am Ende erwähnte sie etwas zum Thema Muster. Ich habe da so eine Ahnung.«

Verblüfft starrte Martin sie an. »Echt jetzt? Hey, das wäre doch was! An deinem Geburtstag einen Fall aufzuklären. Nicht schlecht.«

Ganz so optimistisch war Maike nicht. »Lukas, du fährst nach Köln. Zur Adresse von Della DeLorain. Ruf einfach auf dem Weg den Schlüsselking an, der macht dir auf.« Sie gab ihm genaue Anweisungen, welche Unterlagen er sich ansehen musste.

Mit dieser letzten Information konnte sie womöglich einen Haken an das Thema machen. Obgleich es da noch immer eine Sache gab, die ein großes Fragezeichen darstellte.

Gemeinsam mit Martin betrat sie das Rathaus und viel zu viele Treppenstufen später die Wache.

Gabi saß hinter ihrem Schreibtisch und sah auf, als Maike den Raum betrat. »Das sieht gar nicht gut aus. Mittlerweile ist das dritte Video online gegangen.«

»Wir brauchen dringend einen gerichtlichen Beschluss, um die Veröffentlichung zu stoppen«, sagte Maike.

Martin winkte ab. »Kannst du vergessen. Da muss erst geklärt werden, wer erbt. So einfach bekommst du keinen Zugriff auf den Social Media-Account einer anderen Person.«

Maike erinnerte sich dunkel an alle möglichen Rechtsstreits, die es in der Vergangenheit gegeben hatte. Eltern, die Zugang zum Account ihres verstorbenen Kindes haben wollten, um ihn offline zu schalten. Mittlerweile konnte man eintragen, wer im Fall des Todes Zugriff bekommen sollte. Vermutlich hatte Della nichts dergleichen getan.

»Wen hat es videotechnisch gesprochen erwischt?«, fragte Maike.

»Frau Kuschel«, antwortete Gabi. »Ihr Laden wurde als Lasterhöhle für Hanfanbau dargestellt. Und sie wie ein Sechzigerjahre-Hippie, der die Gegenwart einfach nicht erkennen will.«

»Ach herrje«, sagte Martin.

Womit das Video genau wie bei Sabine Graefe exakt den wunden Punkt getroffen hatte. Das konnte Maike natürlich nicht laut aussprechen. Stattdessen fragte sie: »Wie geht es denn der Armen?«

»Nach außen hin regt sie sich furchtbar auf, aber ehrlich gesagt glaube ich, sie ist ein bisschen stolz.« Gabi schmunzelte. »Sie macht ja kein Geheimnis aus ihrem ›Hobby‹.«

»Darüber sprechen wir nicht und wir wissen auch nichts davon«, stellte Maike klar. »Ich habe keine Lust, dass als Nächstes irgendein übereifriger Staatsanwalt vor der Tür steht.«

Martin nickte bedächtig. »Wie *dein* Sandro?«

»Genau.« Maike blinzelte perplex. »Was? Wieso Sandro? Wie kommst du jetzt auf den?«

Er deutete auf Lukas' Platz, wo ein großer Korb stand. Im Inneren türmten sich die verschiedensten Marzipansorten. Auf einem nicht zu übersehenden Schild stand:

Alles Gute von der gesamten Staatsanwaltschaft, und von mir im Besonderen. Dein Sandro.

»Er hat schon Humor, der Gute.« Gabi lachte künstlich. »Der Korb wurde hier abgegeben, für dich, Maike.«

»Ach was«, sagte sie. »Und so prominent platziert.«

»Ich dachte, so als Überraschung«, erklärte Gabi.

»Gelungen, aber so was von.« Sie lächelte Martin verkrampft an. »Ist schon ein sympathischer Kollege, der Grasso ... Sandro. Sandro. Von der Staatsanwaltschaft.«

»Das kann ich sehen.« Martins Gesicht war eine ausdruckslose Miene, nur seine Blicke taxierten Maike.

»Der Fall!« Sie schnippte und deutete auf Gabi. »Fortschritte? Irgendwelche haben wir doch bestimmt.«

Gabi ließ ihre Finger über die Tastatur gleiten, als würden alle zehn in einem Marathon gegeneinander antreten. »In der Tat. Ich habe herausgefunden, dass Jessica Staub hier aus Niederteerbach stammte.«

»Wer ist Jessica Staub?«, fragte Martin.

»Della DeLorain«, erklärte Maike. »Das ist ihr bürgerlicher Name. Sie kam von hier?«

Diese Information verblüffte Maike nun doch. Mit ihrer Videoreihe ›Dörfer, die zum Sterben verdammt sind‹ hatte Della Niederteerbach in den Schmutz gezogen. Schlimmer noch, einzelne Personen wurden direkt angegriffen.

»Da hat sie wohl keine guten Erfahrungen in ihrer Kindheit und Jugend gemacht«, sagte Martin.

»Wissen wir, wo sie gewohnt hat?«, fragte Maike. »Gibt es noch Angehörige?«

Gabi hielt ihr zur Bestätigung ein Blatt Papier entgegen. »Ich habe die Adresse der Mutter.«

»Die hat den Absprung wohl nie geschafft«, sagte Martin mit einem Lachen, womit er sich einen bösen Blick von Gabi einfing.

»Also für Witze ist das jetzt wirklich noch zu früh«, stellte Maike klar. »Wenn ihr in Berlin einen Erwin hättet, wüsstest du, was ich meine. Na, dann los! Unterhalten wir uns doch mal mit Mama Staub.«

Maike und Martin verließen die Wache und steuerten auf den Ausgang zu.

»Ob man in dem Alter noch einen Social-Media-Account hat?«, überlegte Maike laut.

»Ich hoffe nicht«, sagte Martin. »Wer will schon live den Tod des eigenen Kindes miterleben?«

»Die Mörderin?«, schlug Maike vor.

»Der Punkt geht an dich«, sagte Martin. »Aber mal ehrlich, hätte die das so öffentlich gemacht?«

»Nur, wenn der Hass wirklich groß ist.« Maike dachte über das Für und Wider nach.

»Sandro, hm?«, sagte Martin unvermittelt.

Maikes Magen zog sich zusammen. »Ein Staatsanwalt, mit dem ich bei einem Fall enger zusammengearbeitet habe.«

»Und selbst wenn, du kannst ja machen mit ihm, was du willst«, sagte Martin.

»Es gibt nichts, was ich mit ihm mache!«

Martin lächelte. »Das freut mich.«

Einerseits fühlte es sich an, als flögen Schmetterlinge in ihrem Bauch umher, andererseits schlug eine Faust auf die armen Tiere ein.

»Wir müssen jetzt wirklich zu Frau Staub«, sagte Maike.

»Da gehen wir doch gerade hin.«

»Aber schneller!«

Martin lächelte schweigsam. So gingen sie nebeneinanderher, jeder hing seinen Gedanken nach. Wobei Maike krampfhaft versuchte, nicht zu denken. Wozu alles verkomplizieren? Und ausgerechnet an diesem Tag!

Innerhalb von zwanzig Minuten erreichten sie die linke Seite einer Doppelhaushälfte. Eine Garage schloss sich an, die Fassade wirkte heruntergekommen. Vor den Fenstern hingen blickdichte Gardinen, die irgendwann einmal weiß gewesen waren. Jetzt war es eher ein moderndes Grau.

»Das nenne ich heimelig«, kommentierte Martin.

Maike betätigte die Klingel.

12. Kapitel

»Ja?«, blaffte ihnen eine ältere Frau entgegen.

Maike wusste, dass Sibylle Staub erst siebenundfünfzig Jahre alt war. Ihr Gesicht vermittelte jedoch eine andere Zahl. Falten umrahmten jeden freien Zentimeter, in ihren Augen waren geplatzte Blutgefäße sichtbar.

»Kriminalhauptkommissarin Maike Pech«, stellte Maike sich vor. »Das ist Kriminalhauptkommissar Martin Seidel.«

»Der Berliner.« Sibylle Staub maß Martin von oben bis unten. »Sie haben doch auch bei dem Giftmord mit ermittelt, da hat Ingo Brandt Sie für den Zeitungsartikel gut getroffen. Knackig. Dann mal rein in die gute Stube, dachte mir schon, dass Sie irgendwann auftauchen.«

Was die Frage beantwortete, ob Mutter Staub vom Tod ihrer Tochter wusste.

Hinter der Tür erwartete sie ein kurzer Flur, an dessen Wand mehrere fleckige Stofftaschen voll Altglas und Mehrwegflaschen standen. Der Teppich auf dem Boden war verschlissen. In diesem Haus hatte nicht nur das Alter zugeschlagen, alles wirkte verbraucht und verblasst wie die Farben eines Gemäldes.

Im Wohnraum fiel das Licht durch die Fenster auf eine Couch und einen Stuhl, die mit Plastikfolie bezogen waren.

Sibylle Staub trat in die Küche. »Wollen Sie einen Kaffee? Oder etwas Härteres?«

»Danke, aber wir sind im Dienst«, sagte Maike.

»Richtig, im Dienst«, bestätigte Martin

»Wer wird schon freiwillig Polizist?«, kam es von Sybille Staub. »Überall diese Einschränkungen. Und dann geifern sie dir hinterher, sobald du einen Fehler machst. Man kann das doch jetzt ganz gut sehen. Ständig gibt es ein Video über Niederteerbach, eines über Sie, über die gute Kuschel oder meine Tochter.«

Sie betätigte den Knopf einer Pad-Maschine und ließ Kaffee in zwei Tassen laufen. Diese wanderten dann auf das Beistelltischchen. »Jetzt setzen Sie sich endlich.«

Maike kam der Aufforderung nach. Neben Martin sank sie auf den Plastikbezug des Sofas, der unter ihr knirschte.

»Das ist nett.«

»Milch ist aus, Zucker auch«, sagte Staub. »Aber das passt bestimmt auch so. Ich nehme ja keinen Zucker, das ist schlecht für die Figur. Und Milch ist auch nicht gut. Absolut ungesund, das habe ich mal gelesen.«

Es schien sie nicht weiter zu interessieren, dass ihre Besucher den Kaffee abgelehnt hatten. Sie brühte sich selbst einen weiteren auf, öffnete einen Flachmann und goss gut drei Fingerbreit Schnaps in die Tasse.

»Alkohol hingegen ...«, setzte Martin an.

»Desinfiziert.« Staub lachte heiser. »Aber das wissen Sie als gebildeter Kriminalhauptkommissar ja selbst.«

»Es tut mir sehr leid, was mit Jessica geschehen ist«, sagte Maike und lenkte damit die Aufmerksamkeit auf das eigentliche Thema.

Staub nahm einen langen Schluck von ihrem Schnapskaffee, bevor sie sagte: »Das war nicht Jessica.«

»Bitte was?«, fragte Maike.

»Es war Della«, ergänzte Staub. »Sie war schon als Kind schwierig, und als sie älter wurde ... Einmal hat sie sogar meine Getränke versteckt. Können Sie sich das vorstellen? Als sei *sie* die Mutter!«

Maike unterdrückte gerade noch ein Aufseufzen. Sie sah alles genau vor sich.

»War bestimmt nicht leicht«, sagte Martin.

Womit er vermutlich Dellas Situation meinte. Frau Staub bezog die Bemerkung jedoch auf sich.

»Sie haben so recht.« Sie stellte die Kaffeetasse ab, beugte sich vor und tätschelte Martins Bein. »Für mich als alleinerziehende Mutter eine überaus schwierige Zeit.«

»Spielte der Vater in Jessicas Leben keine Rolle?«, fragte Maike.

»Der hat uns sitzenlassen«, spuckte Staub förmlich aus. »War damals achtzehn, genau wie ich. Da hätte man doch meinen können, dass er Verantwortung übernimmt. Aber als Sportler will man ja hoch hinaus und die Welt sehen. Ist dann über Nacht davongefahren und ich konnte nicht mal beweisen, dass er der Vater ist.«

Maike notierte sich bereits ein großes Fragezeichen hinter ›leiblicher Vater‹. »Und Jessica ist einfach so gegangen, als sie volljährig war?«

»Della«, korrigierte Staub. »Eines Morgens war ihre Kleidung verschwunden, dazu mein Reisekoffer. Der war teuer, aber es sieht ihr ähnlich, dass sie zuerst an sich denkt. An mich denkt niemand. Als ich dann durch Zufall von ihrer neuen Karriere erfahren habe – mit neuem Namen! – war sie für mich gestorben. Jessica hat es schon lange nicht mehr gegeben.«

Maike erhob sich, streckte den Rücken durch und trat ans Fenster. Sie konnte nicht still sitzen bleiben, ohne Sibylle Staub die Meinung zu sagen – was bei Befragungen grundsätzlich keine gute Idee war.

Erst als der schmale Gartenstreifen vor ihr lag, registrierte sie, dass sie dieses Bild kannte. Wenn auch mit einer Schaukel im Zentrum und Spielzeug an der Seite. Es war der Bildschirmhintergrund auf Dellas Smartphone.

So ganz hatte die Influencerin ihr altes Leben wohl nicht hinter sich gelassen. Ein Hauch davon hatte sie stets bei sich getragen; ein Bild, das niemals verblasste. Vermutlich hatte sie irgendeine frühere Aufnahme, die noch mit dem Fotoapparat geschossen worden war, digitalisiert. Viel Aufwand für ein Leben, das man eigentlich hinter sich hatte lassen wollen.

»Können Sie sich jemanden vorstellen, der Della so sehr hasst, dass er sie umbringen würde?«, fragte Maike.

»Wenn sie sich all die Jahre so furchtbar dickköpfig verhalten hat wie bei mir, dann wundert mich gar nichts«, sagte Staub. »Das macht man einfach nicht. Und dieser Habitus einer Königin, als sei sie etwas Besseres ...!« Ein weiterer Schluck Schnapskaffee fand seinen Weg in den Mund von Mama Staub.

»Wir sprechen hier von einem kaltblütigen Mord«,
sagte Martin.

»Ja, ja, Sie haben natürlich recht.« Wieder tätschelte
die Schnapsdrossel Martins Oberschenkel. »Sie hat sich
hier keine Freunde gemacht. Vor einer Stunde war ich
bei Frau Kuschel im Laden, da war sie bereits umgeben
von Presse. Haben sie provoziert, wegen ihrer Einstellung zu Marihuana. Die Arme ist mit den Nerven völlig
am Ende.«

»Der Mord geschah aber, bevor die Videos veröffent-
licht wurden«, erklärte Maike. »Und die Interviews waren so geschickt inszeniert, dass die Betroffenen gar
nicht bemerkt haben, dass sie in den Dreck gezogen
wurden. Das geschah durch Nachbearbeitung; eine
ausgesuchte Hintergrundmusik, ein ausgefeilter Wort-
schnitt.«

»Ja, wenn es darum geht, Schaden anzurichten, war
sie schon immer gut«, sagte Staub.

»Della hat die Interviews sicher nicht alleine geschnitten«, erklärte Maike. »Dafür hatte sie ein Team
und externe Firmen. Aber ich muss Sie noch einmal
fragen –«

»Ich habe ein Alibi«, stellte Staub klar. »Als diese
schreckliche Sache geschehen ist, war ich nicht einmal
in der Nähe dieses neumodischen Schönheitssalons.«

»Ich gehe bei Ihrer Vorgeschichte nicht davon aus,
dass Jessica mal vorbeigeschaut hat«, sagte Maike.
»Oder irre ich mich?«

Frau Staub trank ihren Kaffee, blickte versonnen ins
Nichts und schüttelte schließlich den Kopf.

»Können Sie sich jemanden vorstellen, der Jessica so
sehr hasst, dass er sie umbringt?«, fragte Maike erneut.

»Ihr Vater«, schlug Staub vor.

»Warum denn das?«

»Er ist ein Mistkerl.« Sie lachte grunzend und nahm noch einen Schluck. Vermutlich tat der Schnaps mittlerweile seine Wirkung.

Maike und Martin wechselten einen schnellen Blick und ließen sich die Adresse des Mistkerls geben..

»Ich denke, wir haben alles, was wir brauchen«, sagte Maike. »Danke, für Ihre Zeit.«

»Ach, Sie gehen schon?« Staub sprang auf. »Aber ich kann Ihnen noch viel mehr über Della erzählen. Es gibt auch ein Fotoalbum.« Sie deutete auf das Regal, wo zwei Alben nebeneinander standen.

Unweigerlich musste Maike lächeln. Bei ihrer Mutter standen solche alten Fotoalben ebenfalls herum. Mit vergilbten Klarsichttrennblättern zwischen den Pappseiten, um die Bilder zu schützen.

Ein leises Vibrieren erklang und Martin sah auf sein Smartphone. »Schon wieder ein Video. Dieses Mal hat es Harald erwischt.« Er schaute auf den Bildschirm. »Und die Tachmoiner.«

»Darf ich mal sehen?«, bat Staub. »Ich habe selbst keinen Account in diesem Internetz.«

»Wir müssen leider sofort los, Sie wissen schon, die Pflicht ruft.« Maike griff Martin am Arm und verfolgt von Sibylle Staubs vorwurfsvollem Blick gingen sie gemeinsam hinaus.

Maike atmete auf, als die Tür ins Schloss fiel. Sie hatte das Bedürfnis, sich zu waschen und den Staub und das Alter abzuschütteln.

»Ist es schlimm?«, fragte sie.

»Zusammenfassend: Zwei Expolizisten, die den ganzen Tag herumsitzen und saufen. Dazu der Mann einer Polizistin – mit Verweis auf das Erwin-Interview –, der als Tratschbase und Currywurst-King dargestellt wird.«

Darauf würde Gabi gar nicht gut reagieren.

»Spätestens jetzt wäre Della hier überall Persona non grata«, sagte Maike.

Sie überlegte kurz, bei Harald vorbeizuschauen, doch die Menschentraube ließ sie Abstand davon nehmen. Rund um die Fressoase hatte sich ein Pulk von Fans gebildet. Dem gegenüber standen Bewohner von Niederteerbach, die offensichtlich genug davon hatten, in irgendwelchen Videos als Lachnummer herzuhalten.

Maikes Gedanken richteten sich auf etwas ganz anderes. Und wie aufs Stichwort klingelte das Smartphone. Es war Zoe.

»Es gibt Neuigkeiten.«

»Bei mir auch«, erwiderte Maike. »Stell dir vor, wer mir zufällig über den Weg gelaufen ist: Martin. Er steht direkt neben mir. Sag doch mal *Hallo*.« Sie hielt ihm das Handy hin.

»Geh in Deckung«, sagte der kleine Mistkerl stattdessen.

Maike zog das Smartphone wieder zu sich. »Du warst eingeweiht, gib es zu.«

»In einem der Tanks war eine Säuremischung«, erklärte Zoe.

»Oh, wirklich?«, sagte Maike. »Damit wollte jemand dann wohl auf Nummer sicher gehen.«

»Das kannst du laut sagen«, kam es von Zoe. »Ich habe noch einmal beim Kosmetiksalon angerufen. Am

Abend vor der Sache gab es ja eine Generalprobe. Die Besitzerin, diese Britta Toft ...«

»Taft«, korrigierte Maike.

»... war dabei«, sprach Zoe unbeirrt weiter. »Allerdings hatte Della Handschuhe, Bikini und Schuhe getragen. Der Stickstoff hat alles auf -180 Grad heruntergekühlt. Das war ihr aber zu heftig. Sie konnte ihre Werbesprüche für die Kosmetik kaum noch aufsagen, hat nur gezittert. Deshalb wurde beschlossen, am kommenden Tag eben nur den Anschein zu erwecken, dass gekühlt wird. Es sollten ein paar Grad sein, damit der Stickstoff schön wirbelt, es aber nicht zu kalt wird.«

Maikes Gedanken rasten. »Doch der Mörder hat dafür gesorgt, dass die Zufuhr wieder entsprechend aufgedreht war und obendrein Säure hineingepumpt wurde.«

»Es wurde sogar ein wenig mehr als üblich heruntergekühlt«, sagte Zoe. »Laut den Fachleuten der Spusi hat da noch jemand ein paar Minusgrade draufgesattelt. Alles in allem ein ausfallsicherer Doppelplan.«

Was darauf hindeutete, dass der Mörder eine enorme Wut auf Della im Bauch gehabt hatte. Dazu passten die Hassbriefe. Vorausgesetzt, der Mörder und der Briefeschreiber waren ein- und dieselbe Person.

»Die Säure war also die Todesursache?«, fragte Maike.

»Ich würde sagen, es war die Mischung«, erwiderte Zoe. »Entsprechend große Mengen von Stickstoff, die nicht vom Körper abfließen können, richten erheblichen Schaden an. Werden sie eingeatmet und dann auch noch mit Säure ... da war es vorbei.«

»Und die Sache mit den Allergenen?«, hakte sie nach.

»Steht nicht mit dem Tod in Zusammenhang«, erklärte Zoe. »Jedenfalls nicht unmittelbar.«

»Danke dir.«

Zoe legte auf. Erst als das Klicken ertönte, erinnerte sich Maike daran, dass sie eigentlich noch ein wenig sauer hätte sein müssen.

Mittlerweile hatten sie das Rathaus erreicht. Auf dem Weg die Stufen hinauf hing Maike ihren Gedanken nach. Der Mörder hatte mit einem gut durchdachten und vorbereiteten Plan zugeschlagen, schnell und effektiv. Das passte nicht zu einer langsamen Vergiftung mit allergenen Stoffen.

Gleichzeitig wollte auch das Verhalten von Della nicht ins Bild passen. Sie ließ ihr altes Leben in Niederteerbach zurück, kam dann aber wieder hierher, um den Ort schlecht dastehen zu lassen. Und log obendrein die Bürgermeisterin an.

Sie betraten die Wache.

»Und?«, fragte Martin irgendwann.

»Hm?«

»Na, Zoe?«

»Säure«, erklärte sie.

»Aha«, erwiderte er.

Gabi grinste über das ganze Gesicht. »Das mit der Kommunikation habt ihr beiden schon mal sehr minimalistisch geklärt.«

Maike hätte am liebsten mitgeteilt, dass sie eigentlich sauer war. Letztlich gab sich Gabi aber so viel Mühe, alles geheim zu halten, dass sie es nicht übers Herz brachte. Mittlerweile war es eher eine Überraschungsparty für Gabi, da alle anderen wussten, dass Maike Bescheid wusste. Trotzdem tat jeder so, als wäre es noch ein Geheimnis.

»Irgendwie ist das schon wieder rührend«, murmelte sie.

»Bitte?«, fragte Gabi.

Maike winkte ab. Mit wenigen Worten brachte sie Gabi auf den neuesten Stand.

»Also das wundert mich jetzt nicht«, sagte Gabi.

»Welche Stelle genau?«, fragte Maike.

Martin schmunzelte und ließ sich in Lukas' Bürostuhl fallen, der bedrohlich wackelte.

»Nun ja, die Bürgermeisterin hat ja den Vertrag mit Della ausgehandelt«, erklärte Gabi. »Stadtmarketing und so. Deshalb werden die Niederteerbacher mit jedem Video auch so ein bisschen wütend auf die Graefe. Ich würde da ebenfalls in ein Pensionszimmer einbrechen. Und was sie mit meinem armen Harald gemacht hat …« Gabi ballte die Hände zu Fäusten.

Maike nickte. »Als vorbestrafte Person kann unsere Bürgermeisterin nächstes Jahr trotzdem nicht mehr kandidieren. Das hätte auch ins Auge gehen können.«

Das Diensttelefon klingelte auf Gabis Schreibtisch. Sie nahm ab und lauschte. »Das ist Lukas.« Gabi schaltete auf Lautsprecher.

»Und, was haben wir?«, fragte Maike.

»Ich habe wie angeordnet die Steuerunterlagen noch einmal überprüft«, erwiderte er. »Dann habe ich alle Sponsoren von Della herausgesucht, die abgesprungen sind. Das war tatsächlich jeden Monat fast die gleiche Summe, die sie dadurch verloren hat. Ein langsames, finanzielles Sterben.«

Maike nickte. Genau das hatte sie auch erkannt. »Und konntest du jemanden von denen erreichen?«

»Drei der Sponsoren«, antwortete er. »Aber das hat auch gereicht. Sie haben alle deinen Verdacht bestätigt.«

Maike atmete keuchend auf. »Dann wird ›die Alte‹ jetzt mal zeigen, wozu sie in der Lage ist. Ich habe nämlich genug von diesen Spielchen. Gabi, du bestellst bitte Julia Klock und Laura Fein hier ein.« Sie warf einen Blick auf die Uhr. »Sie haben dreißig Minuten. Falls eine von beiden andeutet, dass es da terminliche Schwierigkeiten gibt, kannst du gerne Druck aufbauen.«

Einer der Knoten war gerade geplatzt. Da mochte es noch ein oder zwei offene Fragen geben, doch der Ablauf war Maike jetzt klar.

Sie wandte sich Martin zu. »Lust, an einem Verhör teilzunehmen?«

»Aber immer! Soll ich der gute oder der böse Cop sein?«

Maike lächelte in diabolischer Vorfreude. »Wenn ich mit den beiden fertig bin, brauchen die ganz dringend einen guten Cop.«

13. Kapitel

Maike saß Laura Fein und Julia Klock gegenüber und betrachtete sie eingehend.

Beide mochten nicht verhaftet sein, doch so ein Befragungsraum besaß unweigerlich einen einschüchternden Charme. Der tat bereits seine Wirkung, bevor das erste Wort fiel. Und dieses Wort hatte sich Maike genau zurechtgelegt.

»Kaffee?«, fragte Martin und zerstörte damit die sorgfältig aufgebaute Dramaturgie.

»Ein Muster in den Steuerunterlagen«, warf Maike daher schnell ein, und tatsächlich wurde das Gesicht von Laura Fein kreidebleich.

Darüber hinaus schwieg Maike, und auch Martin hatte wohl verstanden, dass er den guten Cop noch ein wenig im Lautlosmodus belassen sollte.

Klock räusperte sich lediglich. Mit ihrem Kurzhaarschnitt und den verschränkten Armen wirkte sie deutlich aggressiver – das komplette Kontrastprogramm zu Laura Fein, die etwas von einem Bambi hatte, das der Jägerin – also Maike – soeben in die Falle getappt war.

»W... was?«, hauchte Fein.

»Sind wir verhaftet?«, bellte Klock.

»Noch nicht«, erklärte Maike. »Aber wenn Sie mir in diesem Gespräch weiterhin Lügen auftischen, geht das ganz schnell.«

»Kommen Sie mir nicht so«, blaffte Klock. »Wir haben eine ausgezeichnete Kanzlei.«

»Gutes Thema.« Maike schnippte mit dem Finger. »Sagt Ihnen die Anwaltskanzlei *Schlag & Hau* etwas?«

Erstmals bröckelte die Fassade von Julia Klock sichtlich. Stahl sich da Angst in ihren Blick?

»Wie wir mittlerweile wissen, wollte Della Sie, Frau Klock, von einer Kündigung abhalten. Der Vertrag sieht wohl starke Einschränkungen vor, die es Ihnen für eine lange Zeit verbieten, irgendwo sonst in der Branche zu arbeiten.«

»Und weiter?«, fragte Klock. »Della und ich hatten möglicherweise ein paar hitzige Gespräche. Ich habe einen Vertrag unterschrieben, über dessen Konsequenzen ich mir nicht so ganz im Klaren war. Das Kleingedruckte enthielt sozusagen die Probleme.«

»Warum wollte Della Sie unbedingt halten?«, fragte Maike und bereitete damit bereits ihre Falle vor.

»Eine gute Assistentin ist eben schwer zu finden.«

Sie schlug die Beine übereinander und verschränkte die Arme. In den beigefarbenen weiten Hosen und dem schwarzen Pulli wirkte sie wie aus den Neunzigern in die Gegenwart gesprungen.

»Das glaube ich Ihnen durchaus«, sagte Maike. »Allerdings zerrüttet ein solcher Streit das Arbeitsverhältnis sicher elementar. Wie standen Sie denn dazu, dass Ihre Partnerin diese Probleme hatte?« Maikes Blick traf Laura Fein aus dem Hinterhalt.

»Es war natürlich nicht schön. Wir …« Fein erbleichte noch eine Nuance mehr. »Aber … also wir beide …«

Maike winkte ab. »Sparen Sie sich die Ausflüchte. Auch wir wissen durchaus, wie wir unseren Job zu machen haben.«

»Und jetzt was?« Klock breitete die Arme aus. »Ja, ich hatte Streit mit Della. Unsere Anwälte haben die Verträge geprüft. Sie hat mir da etwas richtig Übles untergejubelt. Es gab letztlich nur eine Möglichkeit, auszusteigen.«

»Wenn Della Sie feuert«, sagte Maike.

Innerlich vernahm sie bereits die Siegesfanfaren.

Klock nickte zögerlich. »Darauf lief es hinaus, ja.«

»Aber das hätte Della natürlich nicht getan«, sagte Maike. »Es sei denn, sie musste. Falls sie beispielsweise Ihr Gehalt nicht länger zahlen konnte.«

Vermutlich würde Laura Fein jeden Augenblick vom Stuhl kippen oder heftig hyperventilieren. Ihre Nerven befanden sich im freien Fall.

»Sie tun sich keinen Gefallen, wenn Sie weiter schweigen«, sagte Martin. »Ihnen muss doch klar sein, dass wir längst genug zusammengetragen haben, um einen Haftbefehl zu beantragen. Dass wir hier sitzen und uns unterhalten, sollten Sie als Zeichen des guten Willens werten.«

Maike nickte. »Und seien Sie versichert, dass nach all diesem Mist dort draußen mein Geduldsfaden so dünn wie Spinnenseide ist. Also, Sie« – dabei deutete Maike auf Klock – »waren zuständig für die Gespräche mit den Sponsoren. Jeden Monat hat Della jedoch welche verloren. Wir haben einige kontaktiert.«

Deshalb hatte sie Lukas nach Köln geschickt. Mit den Daten aus dem Steuerordner hatte er Testanrufe erledigt und erfahren, warum Della die Verträge gekündigt worden waren. Ihr Alter hatte dabei keine Rolle gespielt.

Klock atmete schwer ein und wieder aus. »Ich habe sie nicht umgebracht.«

Maike schwieg.

»Nur sabotiert«, bestätigte Klock. »Es war die einzige Möglichkeit, und soweit ich weiß, kann das lediglich zivilrechtlich belangt werden, nicht strafrechtlich.«

»Ich kann gerne den Staatsanwalt dazu befragen«, schlug Maike vor. »Bei einem ordnungsgemäßen Verhör.«

Klock schüttelte den Kopf. »Das wird nicht nötig sein. Nun, ich habe mich den Sponsoren gegenüber einfach ruppiger verhalten, manchmal unverschämt. Und ohne Dellas Wissen die Gage erhöht, die wir verlangten. Aber immer nur dezent, damit sie nicht selbst mit den Sponsoren spricht. Vor ihr habe ich es dann aufs Alter geschoben.«

Was Maike durchaus nachvollziehbar fand. Für Klock war es der einzige Ausweg aus dem Vertrag gewesen – und obendrein mit geringem Risiko verbunden. Dafür musste Della nur Geld verlieren. Wofür eine Assistentin sorgen konnte. Gleichzeitig bekam Dellas Selbstbewusstsein Risse, da sie ihrem eigenen Alter die Schuld gab.

»Auf diese Art sind Dellas Einnahmen also gefallen«, sagte Maike. »Kamen Sie der Entlassung dadurch denn näher?«

»Kaum«, gestand Klock. »Sie hat irgendwann Überlegungen angestellt, das Konzept zu ändern. Niederteerbach war quasi die Generalprobe. Kosmetik und Schönheit an Orten, die das Gegenteil darstellen. Das hätte ihre eigene ›Jugend‹ im Kontrast zu den verfallenen Orten betont.«

Maike konnte den entsetzten Aufschrei von Bürgermeisterin Graefe quasi im Geiste hören.

»Und dafür ließ sie sich obendrein noch von der Stadt bezahlen«, sagte Martin. »Ganz schön gerissen, auch wenn das vermutlich kein zweites Mal geklappt hätte.«

Maike erinnerte sich noch gut daran, wie die Graefe ihren Triumph Willy Herzog gegenüber deutlich gemacht hatte. Hochmut kam ja bekanntlich vor dem Tod durch Schockfrostung.

»Damit hat Ihr Plan also nicht funktioniert«, schloss Maike. »Aber ich gehe davon aus, dass Sie zuvor eine weitere Attacke gegen Della in Gang gesetzt haben. Das Muster der Verluste ist nämlich nicht das Einzige, was wir entdeckt haben.« Maike ließ ihre Worte kurz wirken und ergänzte dann: »An der Stelle können Sie sich jetzt aussuchen, ob Sie auspacken oder wir akribisch alles auf den Tisch legen.«

»Offene Karten werden grundlegend strafmildernd angerechnet«, erklärte Martin hilfreich.

Klock und Fein wechselten einen schnellen Blick.

»Della war Allergikerin«, erklärte Fein. »Deshalb haben wir ...« Ihre Stimme versagte.

»Das Eiweißpulver«, half Maike nach.

Nun sackten Klocks Schultern ebenfalls eine Etage tiefer. »Es war reiner Zufall. Vor einigen Monaten vergaß Maximilian Dellas Epi-Pen. Die Folge war, dass wir alle in der Notaufnahme saßen. Sie musste mit der Ernährung viel vorsichtiger sein. Und natürlich hat sie auf ihre Figur geachtet, daher verzichtete sie grundsätzlich auf eine Mahlzeit am Tag und trank dafür einen Shake. Aber darauf reagierte sie nicht so gut und suchte Ersatz.«

Bis dahin kannte Maike die Geschichte bereits.

»Als sie einen neuen Shake gefunden hatte«, führte Klock weiter aus, »mischte ich einfach den Inhalt von ein paar Pflanzenkapseln hinein. Das reichte aus, um nach und nach eine allergische Reaktion auszulösen. Della ist so ziemlich gegen jede Polle allergisch, die es gibt.«

»Aber wie sind Sie an das Pulver herangekommen?«, fragte Maike. »Das stand doch in Dellas Wohnung.«

Klock winkte ab. »Maximilian ist da total vertrauensselig. An den Wohnungsschlüssel heranzukommen, ohne dass er etwas merkt, ist absolut easy gewesen. Einmal habe ich ihn abgefüllt, ein anderes Mal so lange mit Fragen für Della bombardiert, bis er eingeschlafen ist.«

»So konnten Sie also jederzeit das Eiweißpulver mit den Allergenen vermengen«, schloss Maike.

»Wir«, stellte Fein klar und streckte die Schultern durch. »Nein, hör auf, du musst mich nicht schützen, Julia.« Sie schenkte Klock ein Lächeln. »Della war ein Monster. Es tut mir leid, man soll nicht schlecht über Tote sprechen, aber so ist es. Wir wollten einfach ein freies Leben führen. Und dann hetzt sie diese Paragrafenheinis von Hau & Stech auf uns.«

»Schlag & Hau«, korrigierte Martin.

»Wir mussten doch etwas tun«, sprach Laura Fein weiter. »Und das war die perfekte Lösung. Della nahm jeden Tag die Stoffe zu sich und entwickelte Ausschläge. Ich als Stylistin habe immer mal wieder eine Bemerkung fallen lassen, dass es an den Kosmetikartikeln liegen könnte. Wir wollten sie dazu bringen, die richtig lukrativen Sponsoren anzugreifen, damit diese die Verträge mit ihr auflösen. Das hätte alles beschleunigt.«

Und die Intrige war auf fruchtbaren Boden gefallen. Della hatte tatsächlich die Kosmetika verdächtigt und sie im Privaten nicht mehr genutzt. Deshalb hatte Maike den Karton mit den hochwertigen Produkten im Bad der Stadtvilla gefunden. Als das nichts gebracht hatte, war sie dazu übergegangen, ausgewählte Produkte an Doktor Mergentaler zu schicken. Mit einem Positivergebnis hätte sie sich an die Hersteller wenden können.

»Wir haben sie nicht getötet«, sagte Klock. »Ganz Deutschland konnte sehen, was ihren Tod verursacht hat.«

»Damit haben Sie recht«, erwiderte Maike. »Aber Körperverletzung war es trotzdem. Ich will gar nicht anfangen, mir vorzustellen, was es mit jemandem macht, wenn der Körper langsam überall Probleme bekommt. Es gibt andere Möglichkeiten als den Weg, den Sie gewählt haben. Man muss niemanden vergiften und das war es letztlich. Sie haben einen Stoff ausgewählt, der Della schadet, und sie damit vergiftet.«

»Werden wir ... jetzt verhaftet?«, krächzte Fein.

Martin schüttelte nach einem kurzen Blickwechsel mit Maike den Kopf. »Das werden Sie nicht. Den Tod von Della haben Sie mit den allergischen Stoffen tatsächlich nicht zu verantworten.«

Maike ergänzte: »Wegen der Körperverletzung werde ich mit der Staatsanwaltschaft Kontakt aufnehmen und Sie können sich darauf gefasst machen, dass da eine Anklage auf Sie zukommt.«

Die beiden Frauen wirkten bedrückt, aber auch erleichtert. Sie hatten sich alles von der Seele geredet und waren dem Vertrag auf dem zweiten Weg entkommen, der möglich gewesen war: Ihre Arbeitgeberin war gestorben.

»Sagen Sie, eine Frage habe ich aber trotzdem noch«, sagte Maike zu Julia Klock und Laura Fein, als diese sich erheben wollten. »Diese Hassbriefe, davon wissen Sie doch sicher?«

Die beiden Frauen nickten.

»Das war kaum zu übersehen«, sagte Klock. »Widerliches Zeug. Della hat das am Anfang noch ignoriert, aber dann kamen immer mehr. Irgendwann wurde sie richtig ängstlich.«

»Warum hat sie nicht die Polizei eingeschaltet?«

»Das hatte sie tatsächlich vor, aber dann hat sie ihre Meinung schlagartig geändert, als sie mal wieder einen der Briefe gelesen hat«, sagte Fein. »Es schien fast so ... ich weiß nicht, sie war plötzlich eher traurig. Nicht mehr ängstlich. Sie wollte die Sache selbst in die Hand nehmen.«

Maike schloss die Augen. Das war die schlimmste Reaktion, die jemand in dieser Situation an den Tag legen konnte. Weder sollte man als Bürgermeisterin in ein Pensionszimmer einbrechen noch als bedrohte Bürgerin selbst nach einem Täter suchen.

»Sie wissen aber nicht warum?«

Beide schüttelten den Kopf.

»Ich dachte ja zuerst an ihren Exmann«, gestand Klock. »Aber als ich das sagte, hat Della nur gelacht. Die beiden verstehen sich wohl ganz gut. Einmal im Jahr telefonieren sie, tauschen sich darüber aus, wie das Leben so läuft, und dann ist wieder gut. Ist so 'ne seltsame Melancholie-Sache. Und er hat wohl auch immer mal an Dellas Leben ›teilgenommen‹.«

»Hat er?«, hakte Maike sofort nach.

»Er brauchte ja nur einen Social-Media-Account«, kam es zurück. »Damit war er stets auf dem neuesten Stand.«

Wieso dachte Maike in diesem Augenblick an Philipp? Vermutlich war er irgendwann ihr Telefonpartner, wenn sie uralt war. Also ab morgen. Dann unterhielten sie sich über den einen One-Night-Stand, den sie gehabt hatten, lachten und lästerten über all ihre verflossenen Liebhaber und Liebhaberinnen.

»Alles in Ordnung?«, fragte Fein. »Sie sehen so entsetzt aus.«

»Alles fein, äh gut«, sagte Maike schnell. »Dann sind wir hier auch fertig. Ich kläre das mit der Staatsanwaltschaft, bitte verlassen Sie das Land in den nächsten Tagen nicht.«

»Solange wir aus dieser Pension rausdürfen, ist alles gut«, murmelte Klock.

Damit gingen die beiden zur Tür, Martin öffnete und begleitete sie hinaus. Nach einigen Minuten kehrte er zurück.

»Die haben echt Scheiße gebaut«, sagte Maike, »aber Della garantiert nicht umgebracht.«

Der Gedanke, dass Fein und Klock schwere Stickstoff-
patronen in das Spa-Center geschleppt und angeschlossen hatten, war völlig abstrus. Vermutlich hätten noch
ein paar Monate und einige verlorene Sponsoren gereicht, und Klock hätte den Absprung geschafft. Auch
die Hassbriefe passten nicht zu den beiden.

»Was denkst du, hat Della in den Worten des letzten
Briefs entdeckt?«, fragte Maike. »Eine verborgene Bot-
schaft?«

»Wir könnten die Spusi fragen und uns selbst die Fo-
tografien ansehen«, sagte Martin. »Vielleicht ergibt sich
da ebenfalls ein Muster.«

Er setzte sich neben sie auf die Kante der Tischplatte,
so nah, dass sie sein Duschgel roch. Irgendeine herbe
Fruchtmischung. Er hatte überraschend schöne Augen,
in denen man richtiggehend versinken konnte.

»Alles klar?«, fragte er. »Den Blick kenne ich eigentlich nur von dir, wenn du eine Marzipankartoffel an-
schaust.«

Sie konnte das Lachen unterdrücken. Martin-Marzi-
pankartoffel-Seidel. Der Spitzname hatte durchaus etwas. »Ich glaube nicht, dass wir oder die Spusi da etwas
finden.«

Maike musste an all die Details denken, die sie Stück
für Stück zu Billie ausgegraben hatte. Jedes Mal fühlte
sie zuerst die Jagdleidenschaft, den Antrieb, etwas zu
tun. Dann kam die Traurigkeit. Es war eine Art Melan-
cholie, die sie unweigerlich befiel, wenn sie der Wahrheit wieder ein Stück näher gekommen war. Weil sie
wusste, dass am Ende des Weges eine Entdeckung auf
sie wartete, die den Verlust endgültig machte.

»Was immer Della gefunden hat, war etwas Persönliches«, begriff Maike. »Es ist die einzige Erklärung für ihre Reaktion; die *Art* der Reaktion.«

Martin dachte kurz nach und nickte schließlich. »Deshalb wollte sie auch keine Polizei, das hätte nämlich eine ganze Reihe Fragen nach sich gezogen und in ihrem Fall womöglich direkt wieder die Presse aufmerksam gemacht.«

Sie wechselten einen langen Blick.

»Ihre Mutter?«, sagte Martin.

Maike hatte bereits in diese Richtung gedacht, den Gedanken aber verworfen. »Du hast Mama Staub doch kennengelernt, die wäre niemals in der Lage ... Oh, Shit.«

Martin stand auf. »Was ist los?«

»Sie hat kein Social Media«, sagte Maike.

»Wer, was? Wen meinst du?«, fragte Martin.

»Dellas Mutter besitzt keinen Social-Media Account«, wiederholte Maike. »Das hat sie uns doch vorhin gesagt. Aber wie hat sie dann all das gewusst über die Videos? Klatsch und Tratsch vielleicht bei einem, aber nicht bei jedem davon und mit so vielen Details.«

Martin zuckte mit den Schultern. »Jemand hat sie mitschauen lassen.«

»Ganz genau.« Maike nickte und folgte der Spur, die ihr Instinkt ihr wies. Sie lachte auf und klatschte in die Hände. »Da standen zwei Fotoalben im Regal. Wieso habe ich da nicht nachgehakt, ich Idiotin? Bei uns war es doch genauso: ein Album für Mark, eines für mich.«

»Du glaubst, da ist eine Schwester oder ein Bruder«, sagte Martin.

Maike stieß sich von der Tischkante ab. »Ich glaube, wir sollten Mama Staub noch einen Besuch abstatten. Ich habe das Gefühl, dass sie uns da mit Absicht ein paar Dinge verheimlicht hat. Und darauf hätte ich jetzt verdammt noch mal gerne eine Antwort.«

Gemeinsam verließen sie den Raum.

Mittlerweile war später Nachmittag und Maike ignorierte weiterhin beharrlich jede Push-Nachricht auf ihrem Smartphone. Immer mehr Glückwünsche gingen ein. Doch dafür hatte sie keinen Blick, es ging schließlich darum, einen Fall zu lösen. Gerechtigkeit für Della, ein Abschluss. Antworten.

Sie nickte noch einmal bekräftigend und vorbei an Gabi ging es aus dem Revier.

14. Kapitel

Das Marzipan war längst wieder verbrannt, jede Kalorie vernichtet. So oft wie Maike an diesem Tag durch Niederteerbach gerannt war, musste es einfach so sein.

Sie erreichten die Tür von Sibylle Staub innerhalb weniger Minuten und während sie noch keuchte – Martin unverschämterweise nicht –, betätigte Maike die Klingel.

»Das ging aber schnell«, sagte eine sichtlich verblüffte Frau Staub.

»Wir wollten jetzt doch auf Ihr Angebot zurückkommen«, erklärte Martin mit eingeschaltetem Berliner Charme. »Ich liebe Fotoalben.«

»Ach, das ist ja nett. Kommen Sie rein?« Bei diesen Worten taxierte Staub ihn.

Maike nahm die Einladung einfach an und wandte sich im Wohnzimmer kurzerhand selbst den Fotoalben zu. »Welches ist es denn?«

»Was?« Staub hatte sich mittlerweile bei Martin eingehakt. »Oh, das rechte.«

Maike griff das linke Album und zog es heraus. »Das war jetzt dann wohl das andere Rechts. Wer ist denn das?« Sie betrachtete das Bild einer Frau mit dunklen Haaren, die ihr irgendwie vertraut vorkam.

»Was?« Jetzt wirkte Staub verärgert ob der Störung. Sie ging auf Maike zu, wandte sich aber über die Schulter noch einmal an Martin: »Wir gönnen uns gleich ein Gläschen, was?« Sie sah sich das Fotoalbum genauer an. »Meine andere Tochter, die ist nicht abgehauen. Und hat was auf dem Kasten, das sage ich Ihnen. Ein kleines Genie. Sollte ja eigentlich studieren ...«

»Aber?«, hakte Maike nach, als Dellas Mutter verstummte.

»Von welchem Geld denn?«, fragte Sibylle Staub. »Dabei hat sie sogar mehrere Preise in der Schule damals gewonnen; Physik, Mathematik, Chemie. Sie kann einfach alles. Ohne Diplom traut einem das doch niemand zu.« Sie schüttelte langsam den Kopf, versunken in Gedanken. »Wissen Sie, was sie getan hat?«

»Keine Ahnung«, sagte Maike.

»Weil sie sich das Studium ja nicht leisten kann, hat sie sich Bücher aus der Bücherei geholt und diese Prüfungs...dingsda...studiums...«

»Studienprüfungsordnung«, half Martin aus.

»Genau die«, bestätigte Staub. »Also diese ... was Sie gesagt haben ... hat sie sich aus dem Internet geladen und dann einfach mit den Büchern und Unterlagen das Studium mitgemacht. Vollkommen autodaktisch.«

»Autodidaktisch«, sagte Martin mit einem freundlichen Lächeln.

»Sie haben so recht!« Staub himmelte ihn an.

»Aber dafür hat sie keinen Abschluss bekommen«, warf Maike ein.

Sie befanden sich nun einmal in Deutschland, dem Land der Bürokratie. Ohne Formulare, Diplome oder Masterabschlüsse, ging hier gar nichts. Und wenn doch, wurde einem ein unterirdisches Gehalt bezahlt, weil man sein Wissen nicht nachweisen konnte.

»Lassen Sie mich raten«, sagte Maike. »Ihre Tochter ist auch hier hängengeblieben.«

»Was soll das denn heißen?« Sibylle Staub funkelte Maike wütend an. »Sie liebt es hier. Niederteerbach ist ihr Zuhause! Kommen Sie mal mit.«

Damit stapfte Mama Staub kurzerhand zur Hintertür. Von dort ging es seitlich am Garten vorbei zu einer Garage.

»Wir hatten ja nie ein Auto«, erklärte sie. »Das konnte ich mir nicht leisten, so alleine und ohne Mann. Einsam und verlassen, wie ich war. Früher hatten die beiden Mädchen hier ihr Lager, jetzt gehört es eben der Tochter, die mich nicht verlassen hat.«

Damit öffnete sie die Tür und Maike trat hinter Martin ein. Sie musste sich zusammenreißen, andernfalls wäre ihre Kinnlade dauerhaft abgesackt.

Vor ihnen breiteten sich Werkbänke aus, bedeckt mit Werkzeugen und beschriebenen Papieren. Bereits auf den ersten Blick erkannte Maike Strukturformeln. Für den unbedarften Beobachter sahen sie aus wie zu Mustern zusammengesetzte Striche, doch sie symbolisierten chemische Stoffe.

So ein Blausäurefall, wie sie ihn im letzten Jahr gemeinsam mit Martin gelöst hatte, war eben auch eine Weiterbildung.

Maike zog ihr Smartphone hervor und googelte nach Stickstoff. Sie fand gleich zwei dazu passende Formeln, die hier notiert worden waren. Einmal Trinitrotoluol, einmal jene von Nitroglycerin. Dazu eine Formel zur Komplexbildungsreaktion.

»Krass!«, sagte Martin.

»Nicht wahr?« Sibylle Staub nickte eifrig und breitete die Arme aus. »Zu all dem ist meine Tochter fähig. Aber keiner erkennt es an.«

»Oh, das tun wir«, versicherte Maike. »Wir erkennen das so was von an. Jedes Detail, jeden Vorsatz.«

»Bitte?«

»Was genau hat Ihre Tochter hier denn so gemacht?«, fragte Martin schnell.

»Experimentiert«, erwiderte Staub selig, weil sie endlich Martins Aufmerksamkeit hatte. »Es ging um die Kombination von ... irgendwas. So genau habe ich das nicht verstanden. Deshalb hat sie ja die ganzen Flaschen gebraucht.«

Maike schloss die Augen und fragte sich, wie offensichtlich es noch werden konnte. »Flaschen?«

»Ja diese dort vorne.«

Sie deutete in eine Ecke zwischen den Werkbänken, wo mehrere Metallflaschen standen. Am Boden lagen Schläuche und weitere Gegenstände, die Maike der Chemie zuordnete, aber nicht benennen konnte.

»Und, war sie erfolgreich?«, fragte Maike.

»Oh ja. Sie können sich ja vorstellen, wie stolz man als Mutter in diesem Fall ist.« Staub stupste Martin vertraulich in die Seite. »Das wünscht man sich ja für sein Kind. Dass es alle Ziele erreicht, die es sich vornimmt. Erfolg und Berühmtheit. Mit Letzterem hat es ja leider nicht geklappt.«

»Ach, da bin ich ziemlich sicher, dass sich das bald ändert«, sagte Maike und ergänzte in Gedanken: *Landesweite Schlagzeilen.*

»Wo ist Ihre Tochter denn jetzt?«, fragte Martin wie nebenbei.

»Sie muss ja arbeiten«, erklärte Mama Staub. »Weil sie ja keinen offiziellen Studienabschluss hat, ist sie momentan nur Aushilfe.«

Das Wort ›Aushilfe‹ zündete ein wahres Feuerwerk an Neuronen in Maikes Hirn. »Melanie«, hauchte sie.

»Oh, Sie kennen sie?«, fragte Mama Staub.

Maike erinnerte sich noch genau an die Aushilfe, die an der Rezeption von CryoYoung gesessen hatte. Ein wenig überfordert hatte sie ihnen entgegengeblickt, sich darüber hinaus aber nichts anmerken lassen.

Und damit war auch klar, wie sie sich am Abend Zugang verschafft hatte. Selbst ohne das Wissen von Britta Taft war es für jemanden mit dem Wissen von Melanie Staub problemlos möglich, sich einen Schlüssel nachmachen zu lassen.

»Ich erinnere mich«, bestätigte Maike.

»Wir sollten dann jetzt wohl gehen«, sagte Martin. »Wir müssen ja noch einiges vorbereiten.«

»Ach?«, fragte Staub.

»Unsere Frau Kriminalhauptkommissarin hat heute Geburtstag«, erklärte er.

Ausnahmsweise ärgerte sich Maike nicht über die Erwähnung. Sie mussten vermeiden, dass Sybille Staub ihre Tochter anrief und warnte, deshalb galt es, sich nichts anmerken zu lassen.

»Sie haben es wirklich gut«, sagte Staub. »An mich denkt niemand. Außer meiner Melanie natürlich. Die Geburtstage sind schon traurig.«

»Das ist ... was soll man da sagen?« Maike verkniff sich jeden Kommentar über Flachmänner.

Martin ertrug tapfer den eingehakten Arm, bis sie endlich die Tür erreichten. Sie warteten noch, bis Mama Staub außer Hörweite war – dann riss Maike ihr Smartphone hervor.

»Grasso hier«, erklang die Stimme von Sandro.

»Keine Zeit für lange Erklärungen«, erwiderte Maike. »Ich brauche einen Haftbefehl für Melanie Staub, sie ist dringend tatverdächtig. Außerdem Durchsuchungsbeschluss für das Haus der Familie Staub, die Spusi soll sich die Garage ansehen.«

Glücklicherweise konnte Sandro ihre Stimme und den Ernst darin sofort zuordnen. »Verstanden. Ich kümmere mich darum und informiere Jens.«

Maike legte auf und kontaktierte Gabi, damit diese ebenfalls Bescheid wusste. »Schick sicherheitshalber Lukas zu CryoYoung, wir sind auch gleich da.«

Glücklicherweise brauchten sie in einem dezenten Dauerlauf nicht lang, um den Eingang des Spas zu erreichen. Maikes Blick fiel unweigerlich auf das Schild des Fitnessstudios. Ob sie ein Abonnement abschließen sollte? Wie wahrscheinlich war es schon, dass noch einmal jemand hier starb?

»Du kippst jetzt aber nicht um, ja?« Martin wirkte ehrlich besorgt, der Mistkerl.

»Sehe ich vielleicht so aus?«, blaffte Maike.

»Nun ja …« Er verzichtete darauf, den Satz zu beenden, was sein Glück war.

Maike streckte die Schultern durch. »Schnappen wir uns dieses mörderische Genie.«

Sie gingen auf die Tür des Spa-Centers zu. Dahinter blickte ihnen Melanie bereits entgegen. Ihre Blicke trafen sich. Maike realisierte im gleichen Moment, dass

Dellas Schwester wusste, was die Stunde geschlagen hatte.

»Los!« Maike wollte die Tür aufreißen und bemerkte zu spät, dass diese verschlossen war.

Ihre Finger glitten ab, sie taumelte zurück und krachte gegen ein aufgestelltes Werbeschild, das sich langsam zur Seite neigte. Eine junge Frau lächelte darauf. Der Satz *Schönheit fängt bei der Einstellung an* prangte ihr entgegen. Und darunter: *Finde deine innere Mitte.* Es gab hier wohl auch ein Meditationsstudio. Das Schild fiel scheppernd zu Boden.

Melanie nutzte den Augenblick und hetzte davon. Vom Lärm des umstürzenden Schildes angelockt, öffnete sich die Tür hinter dem Empfang und Britta Taft schaute verwirrt hervor.

»Aufmachen!«, brüllte Maike.

Die Inhaberin kam der Aufforderung nach. Es raschelte und klackte, als der Schlüssel gedreht wurde.

»Was ist denn los?«, fragte Frau Taft.

Maike stürzte an ihr vorbei, gefolgt von Martin.

Melanie war nach links geflüchtet, wo unentdecktes Land lag. Vermutlich weitere Behandlungsräume.

»Gibt es einen Hinterausgang?«, rief Martin über die Schulter.

»Ja, aber der ist verschlossen«, kam es von Britta Taft.

Immerhin, das könnte Melanie Staub aufhalten, obwohl Maike dahingehend keine große Hoffnung hatte. Diese Frau hatte garantiert längst Nachschlüssel zu allen Räumlichkeiten.

Vor ihnen, am Ende des Ganges, tauchte eine Tür auf, die in einen großen Raum führte. Hier gab es Behandlungsliegen, die mit Vorhängen voneinander getrennt waren. Alles war still.

»Melanie Staub, ich verhafte Sie wegen des Mordes an Della ... ich meine: Jessica Staub«, rief Maike.

Längst hatte sie ihre Waffe gezogen. Martin hatte seine natürlich nicht dabei, was auch gut war. Als Privatperson hätte er genau genommen nicht einmal bei der Verhaftung helfen dürfen.

Heute war das Maike jedoch völlig egal, sie setzte voll und ganz auf die Graefe-Lösung. Die Dienstvorschriften konnten sie mal. Ob das mit dem Alter generell schlimmer wurde?

Vorsichtig ging Maike in die Hocke. Unter den Vorhängen konnte sie hindurchsehen, doch es gab keine Füße, die hervorlugten. Falls Melanie sich hier befand, war sie schlau genug gewesen, auf eine der Behandlungsliegen zu steigen.

Martin deutete an, dass er seitlich an der Wand entlanggehen wollte. Maike schüttelte vehement den Kopf. Er tat es trotzdem.

Sie fluchte einmal lautlos und schob sich dann vorsichtig weiter. Vorbei an den Vorhängen, um auf die Behandlungsliegen zu schauen. Die erste zu ihrer linken war leer, die rechte auch.

»Melanie, es bringt Ihnen nichts, vor uns davonzulaufen«, rief Maike. »Wir wissen, dass Sie Ihre Schwester umgebracht haben. In diesem Augenblick durchsucht die Spurensicherung Ihre Werkstatt. Es ist aus.«

Bedauerlicherweise schien Melanie Staub nicht zu jener Sorte von Mördern zu gehören, die kurzerhand aufgaben, wenn sie mit dem Unausweichlichen konfrontiert wurden.

Maike schaute vorsichtig um den nächsten Vorhang.

Im nächsten Augenblick zischte etwas. Eine Kälte, die sie noch nie zuvor so gespürt hatte, traf sie ins Gesicht. *Stickstoff!,* dachte sie panisch.

Mit einem Schrei taumelte Maike zurück, die Waffe entglitt ihrer Hand. Der Stickstoffausstoß stoppte, Schritte entfernten sich. Durch tränende Augen sah Maike, wie Melanie auf einen Schrank am Ende des Ganges zurannte.

Maike folgte ihr. Sie musste mehrfach blinzeln, um wieder klar zu sehen. Die Waffe war davongeschlittert, lag außerhalb ihrer Reichweite. Trotzdem würde sie Melanie nicht davonkommen lassen.

Diese riss die Schranktür auf und nahm etwas heraus. Eine Sprühflasche aus Metall.

»Es ist aus«, sagte Maike und kam in gebührendem Sicherheitsabstand zum Stehen.

»Ach ja?« Melanie blickte ihr mit vor Wut funkelnden Augen entgegen. »In dieser Sprühflasche ist ein hohes Konzentrat an Säure. Wenn ich hier drauf drücke, ätzt das Ihr Gesicht weg.«

Maike schluckte. »Jetzt machen Sie doch keinen Unsinn. Wie denken Sie, geht das Ganze hier aus?«

»Ich werde verschwinden«, sagte Melanie. »Niemand wird mich finden, ich weiß, wie ich das System hinters Licht führen kann. Della hat schließlich auch nicht bemerkt, dass ich ihr ganz nahe gekommen bin.«

»Sie haben sie verfolgt?«, fragte Maike, während ihr Geist fieberhaft nach einem Ausweg suchte. »Warum? Warum dieser Hass auf Ihre Schwester und nicht auf Ihre Mutter?«

»Sie ist einfach gegangen!« Die Abscheu tropfte aus jedem von Melanies Worten. »Hat mich alleine gelassen, weil sie es bei unserer versoffenen Mutter nicht ausgehalten hat. Nachholen wollte sie mich, ist aber nie etwas passiert. Und dann wird sie berühmt. Einfach so.«

»Dafür hat sie hart gearbeitet«, erklärte Maike.

»Sie hat mich vergessen!«, brüllte Melanie.

»Wussten Sie, dass auf D... Jessicas Smartphone der Hintergrund ein Erinnerungsfoto ist? Es ist ein Bild vom Garten – dachte ich zumindest die ganze Zeit. Aber das stimmt nicht. An der Seite ist die Tür zur Garage zu sehen. Es ist eine Erinnerung.«

Melanie schluckte. »Wir haben uns immer in der Garage versteckt, das war unsere Höhle. Da konnten noch so viele Spielsachen im Garten sein, das war egal. Unsere Mutter hat einmal ein Bild gemacht, um uns zu erklären, wie traurig sie ist.« Melanie wirkte richtiggehend angeekelt. »Sie hat uns ein schlechtes Gewissen eingeredet. Wo sie doch all die schönen Spielsachen gekauft und einer ihrer Stecher eine Schaukel gebaut hat und wir gehen ständig in die Garage. Das war unser Statement, unser Widerstand.«

Maike nickte verstehend. Es war keine schöne Erinnerung, die Della erhalten hatte. Es war ein Fokus auf ihre Stärke gewesen, darauf, niemals aufzugeben.

Melanie hatte die Sprühflasche leicht gesenkt, riss sie jetzt aber wieder in die Höhe. »Und ich bin noch immer dort. In meiner Garage. So viele Jahr später. Della hat mir nicht geholfen, mich nicht herausgeholt!« Sie schluckte. »Als meine Schulzeit zu Ende ging, habe ich ihr geschrieben. Aber sie hat gesagt, ich muss es aus eigener Kraft schaffen, sonst werde ich immer abhängig sein.«

Die Worte trafen sogar Maike bis ins Mark. Aus Della musste durch all die Kämpfe ein kalter Mensch geworden sein. Und ein sehr einsamer.

»Sie war schön«, flüsterte Melanie und strich dabei mit einer Hand über ihre Aknenarben. »Und mutig. Frei und reich. Das exakte Gegenteil von mir. Sie hat mich weggeworfen.«

»Warum sind Sie nicht auch weggegangen?«, fragte Maike.

»Um irgendwo in der Fremde Hartz IV zu beziehen?« Melanie lachte bitter auf. »Hier konnte ich wenigstens mietfrei wohnen. Und nachdem das so gut mit meiner Schwester geklappt hat, hätte ich meiner Mutter demnächst ein wenig Säure in den Flachmann gekippt. Damit hätte sich auch das erledigt.«

Maike konnte über so viel Kaltblütigkeit nur den Kopf schütteln. »Es ist Ihre Familie.«

»Familie!« Melanie lachte auf. »Dass ich nicht lache! Im letzten Brief habe ich mich dazu hinreißen lassen, eine Formulierung unserer Mutter zu wählen. Die hat Della erkannt. Sie wollte mit mir sprechen, stellen Sie sich das vor. Sie kommt hierher und will noch Kapital aus dem Drecksloch ziehen, in dem sie mich zurückgelassen hat. Und dann ein kleiner Plausch unter Schwestern?« Melanie schüttelte den Kopf. »Mehr Demütigung geht doch gar nicht.«

Maike linste nach links, wo mehrere verbrauchte Stickstoffflaschen in einem Gitterbehälter standen. Ob sie eine davon schnappen und zuschlagen konnte? Melanie sah den Blick.

»Zeit, zu verschwinden«, sagte sie und meinte das eindeutig zweideutig.

Martin sprang hinter einem Vorhang hervor und warf sich auf Melanie. Diese zielte mit der Sprühflasche auf ihn und drückte ab.

»Nein«, brüllte Maike.

Die Säure zischte.

15. Kapitel

»Martin!«, rief Maike.

Sie sah nur die Säure. Er wirbelte herum, der Stoff seiner Jacke zersetzte sich. Melanie warf die Sprühflasche zur Seite und hetzte davon.

»Geht es dir gut?«, fragte Maike.

Martin schälte sich aus der Jacke und dem Pulli. Mit nacktem Oberkörper stand er vor ihr, betastete seinen linken Unterarm. Ein wenig Säure war an der Stelle durchgekommen. »Ich wasche das mit Wasser ab. Verfolge sie!«

Maike zögerte kurz, gab sich dann aber einen Ruck. Er war schließlich erwachsen. Trotzdem machte sie sich Sorgen, als er zum Waschbecken rannte und sie in die entgegengesetzte Richtung.

Melanie nahm den Ausgang und bog nach links in einen weiteren Gang ab. Wie groß war dieses verdammte Spa eigentlich? Die Antwort bekam Maike kurz darauf. Sie erreichte einen kalten Raum mit Neonlicht an der Decke. Hier waren Kisten mit medizinisch-kosmetischem Material gestapelt. Ein wahres Labyrinth. Am anderen Ende war eine Tür, die ins Freie führte. Dort wurden wohl Waren angeliefert. Falls Melanie es bis dorthin schaffte, war sie weg.

Doch jetzt herrschte Stille.

»Sie haben Säure auf einen Polizisten gesprüht«, sagte Maike. »Glauben Sie wirklich, ich lasse Sie davonkommen?«

Ein Rascheln zu ihrer Rechten.

Die Kisten waren zahlreich und bildeten Gänge, die nach links und rechts abgingen. Trotzdem war klar, wohin Melanie wollte. Kurzerhand ging Maike auf den Ausgang zu.

»Verstärkung ist bereits auf dem Weg«, sagte sie schlicht.

Mit verschränkten Armen stellte sie sich vor die Tür und wartete. Welche Lösung fand ein Genie wohl, um an ihr vorbeizukommen?

Der Kistenstapel direkt neben ihr wackelte.

»Oh Scheiße!«

Mit einem Satz sprang sie zur Seite. Wo sie zuvor gestanden hatte, hagelten die Kisten herab, eine nach der anderen. Im Inneren mussten sich teilweise schwere Metallkomponenten befinden, denn sie krachten mit Wucht auf den Boden.

Melanie machte einen Satz und war an der Tür. Maike schob einen Karton beiseite und packte sie am Fußgelenk. Ein Tritt zielte gegen ihre Schläfe.

Wie gern hätte sie jetzt einen Schuss auf den Oberschenkel abgegeben. Aus dieser Entfernung wäre das ein glatter Durchschuss. Stattdessen sah sie Sterne.

Es klirrte, als Melanie die Tür aufriss und mit einem Satz draußen war.

»Dachten Sie wirklich, Sie können mich ...« Ihre Stimme brach abrupt ab.

Bremsen quietschten, ein dumpfer Aufprall erklang.

Maike kam in die Höhe und hetzte ebenfalls hinaus. Lukas war mit dem Twizy herangebraust, der mit dem Anstieg der Temperaturen als Dienstfahrzeug reaktiviert worden war. Wie sich herausstellte, reichte dessen Wucht problemlos aus, jemanden umzufahren.

»Das wollte ich nicht«, stammelte er. »Aber Martin hat mich angerufen und gesagt, ich soll den Hinterausgang blockieren. Und dann flog plötzlich die Tür auf.«

Melanie Staub lag gekrümmt am Boden, Blut lief ihr über die Stirn. Sie war bewusstlos. Da ihre Brust sich jedoch gleichmäßig hob und senkte, ging Maike nicht vom Schlimmsten aus.

»Mach dir keine Sorgen«, beruhigte sie Lukas. »Das ist ein Twizy, kein SUV. Du hast Glück, dass *dir* beim Aufprall nichts passiert ist.«

Sie zog ihr Smartphone hervor und rief den Krankenwagen.

Mit einem ordentlichen Schnaufen kam Martin herbeigelaufen. Noch immer oberkörperfrei, was ihm fast noch besser stand als die Lederjacke.

Lukas sah verdutzt zwischen ihm, Maike und der bewusstlosen Melanie hin und her. »Was genau ist hier passiert?«

Der Krankenwagen kam einige Minuten später. Maike hatte sichergestellt, dass Melanie nicht in Lebensgefahr schwebte, und das gerade rechtzeitig. Eine Traube Fans und Ingo Brandt folgten dem Krankenwagen. Die Kamera des Journalisten surrte bereits, Smartphones waren auf sie alle gerichtet – und schwankten irgendwie nach und nach alle auf Martin.

Die Rettungshelfer verpassten Melanie eine Halskrause und Maike ließ es sich nicht nehmen, sie mit

Handschellen an die Trage zu ketten. Was ihr zugleich eine willkommene Ausrede bot, mit in den Wagen zu steigen.

»Ich fahre mit, die Dame ist eine gefährliche Mörderin«, erklärte sie.

Fragen wurden gebrüllt und gemeinsam mit Lukas würde Martin die sicher problemlos beantworten. Hauptsache, sie hatte endlich ihre Ruhe und dieser Fall war erledigt.

»Herr Yilmaz«, rief Maike noch ganz förmlich und für alle zu hören, »Sie geben dann bitte auch der Bürgermeisterin Bescheid, dass wir diesen Fall aufgeklärt haben.«

Und mit einem Rums fiel die Tür des Rettungswagen ins Schloss. Das Blaulicht wurde angeschaltet, und sie brausten in Richtung Köln davon.

Immerhin war es dieses Mal nicht Maike, die ins Krankenhaus gebracht wurde. Die Erstuntersuchung ergab, dass Melanie Staub Prellungen, Schürfwunden, Hämatome und eine Platzwunde an der Stirn davongetragen hatte. Darüber hinaus konnte nichts festgestellt werden. Ein MRT würde Aufschluss geben, ob es auch innere Verletzungen gab, wonach es aber nicht aussah.

Im Krankenhaus verdeutlichte Maike dem Chefarzt die Lage und behielt Melanie Staub so lange im Auge, bis Jens einen uniformierten Kollegen hergeschickt hatte, der die Überwachung übernahm. Sandro hatte Wort gehalten und den Haftbefehl ausgestellt.

Damit war der Papierkram erledigt.

Sie gab Jens einen mündlichen Abschlussbericht und versprach, am morgigen Tag alles schriftlich nachzureichen. Eine kurze Textnachricht an Zoe folgte, und diese versicherte ihr, sie abzuholen. Mittlerweile dämmerte es, der Abend brach herein.

In Gehweite zum Krankenhaus gab es ein Café, wo Maike sich einen Cappuccino besorgte. Nachdenklich schlenderte sie damit den Bürgersteig entlang.

Der Druck, den aktuellen Fall zu lösen, war von ihr abgefallen. Doch seltsamerweise fühlte sie sich nicht befreit oder beschwingt. Eine seltsame Schwere hatte sie ergriffen, die nichts mit ihrem Alter zu tun hatte. Sie konnte den Finger nicht exakt darauf legen.

Sollte sie sich nicht eigentlich gut fühlen?

Ein Hupen riss sie aus den Gedanken. Verblüfft realisierte Maike, dass bereits zwanzig Minuten verstrichen waren. Zoes SUV fuhr langsam neben ihr her.

Maike öffnete die Tür.

»Das sah jetzt wirklich gruselig aus«, sagte Zoe. »Du so ganz tief in Gedanken.«

»Ich muss mal für kleine Kommissarinnen«, gab Maike zurück.

Zoes Mundwinkel kräuselten sich, aber sie schwieg. Genau wie Maike. Auf diese Art ging es nach Niederteerbach. Vor dem Rathaus fand Zoe gerade eben so einen Parkplatz, aus irgendeinem Grund war alles voll.

»Was ist denn hier los?«, fragte Maike.

Zoe hakte sich bei ihr unter und führte sie mit Nachdruck fort von den Stufen. »Du brauchst jetzt erst mal was Stärkeres. Und der Dienst ist doch durch.«

Maikes Instinkt schlug an. Fluchtreflex. »Oh nein.«

»Du bist jetzt total überrascht, sonst ist Gabi wirklich traurig«, stellte Zoe klar. »Das war alles nämlich gar nicht so leicht.«

Maike stöhnte auf. »Wie lange wird das denn dauern?«

»Ich habe im Wagen zwei Kölsch«, kam die Antwort. »Du bekommst beide, sobald du vier Stunden durchgehalten hast.«

Maike erwiderte Zoes Blick entsetzt. »Bitte was?!«

»Gabi hat sich eine Menge für dich einfallen lassen«, sagte Zoe. »Und sie war es auch, die Martin beim Raibach einquartiert hat.« Sie räusperte sich. »Sandro hat dort jetzt auch ein Zimmer bezogen, damit er nicht zurückfahren muss.«

»Ich habe so das Gefühl«, sagte Maike, »dass einen am Vierzigsten alle einen Herzinfarkt bescheren wollen.«

»Im Zweifel nimmst du halt beide mit nach Hause«, erklärte Zoe mit einem Schulterzucken. »Hast du nicht schon mal erzählt, dass du in Berlin –«

»Ist ja gut«, haspelte Maike.

Vor ihnen tauchte die Fressoase auf. Die Anzahl der Tische war verdoppelt worden, überall saßen oder standen vertraute Menschen. Sie sah auf einen Blick Mark und Sarah, aber auch Gabi und Lukas. Jens und André hatten ihren Nachwuchs dabei, in einem Tragegurtsystem vor Andrés Brust. Sie erkannte ein paar Schulfreunde aus Köln, Kollegen, die sie auf der Polizeischule kennengelernt hatte. Martin stand am -echten Rand der Menge – ohne nackten Oberkörper, dafür in typischem Look aus Vintage Lederjacke und Pulli. Sandro am linken Rand, auf seinem Gesicht lag ein grimmiger Blick, den er jedoch schnell in ein Lächeln verwandelte.

»Was ist denn mit Sandro los?«, fragte Maike aus dem Mundwinkel, während sie gespielt verblüfft die Augen aufriss und die Hand vor den Mund schlug.

»Er hat das Video von Martin mit nacktem Oberkörper gesehen«, gab Zoe zurück, während sie lächelnd auf die Menge deutete und ganz laut sagte: »Überraschung. Herzlichen Glückwunsch!«

»Nein!«, rief Maike. »Ihr seid ja verrückt. Damit hätte ich ja niiieee gerechnet.«

Sie umarmte Zoe.

»Übertreib es nicht«, sagte diese leise ins Ohr.

»Meinst du, die Hand vor dem Mund war zu viel?«, fragte Maike. »Ich hatte überlegt, noch zu kichern.«

»Du bist unmöglich«, flüsterte Zoe.

»Ich weiß.«

Sie umarmten einander fester.

»Herzlichen Glückwunsch, Maike Pech!«, rief die versammelte Menge im Chor.

Horst stimmte ein Ständchen an und Maike erkannte entsetzt, dass er *Happy Birthday, Mister President* mit Marilyn-Monroe-Stimme zum Besten gab.

»Zwei Kölsch sind nicht einmal annähernd genug«, sagte Maike.

Gemeinsam mit Zoe legte sie die letzten Meter zurück und die Menge schlug über ihr zusammen. Sie schüttelte Hände, wurde in Umarmungen gezerrt und bekam von irgendwem einen Kniff in die Wange. Sogar Philipp war plötzlich da und umarmte sie. Wenigstens auf ihn konnte sie sich verlassen, er drückte ihr ein Kölsch in die Hand.

»Du weißt einfach, was sich gehört«, sagte sie.

Er zwinkerte. »Ich kenne dich halt gut.«

Irgendwo klimperte etwas. Eine Gabel an einem Glas. Bürgermeisterin Graefe stieg auf einen Stuhl. Stille kehrte ein, wenn auch protestierend zögerlich.

»Wir sind heute hier zusammengekommen«, sagte die Graefe, »um einen wichtigen Meilenstein im Leben eines Menschen zu feiern. Quasi *den* Meilenstein. Das Überschreiten der magischen Grenze.«

In Gedanken sah Maike sich selbst die Kölsch-Flasche werfen. Diese traf die Bürgermeisterin exakt an der Stirn, woraufhin diese lautlos nach hinten kippte und die Menge sie verschluckte.

»Die Vierzig!«, sagte die Graefe dann leider tatsächlich. »Ich denke noch heute gerne an den Tag zurück, als ich beschloss, Niederteerbach eine neue Kämpferin für Recht und Ordnung zu verschaffen. Es war nicht immer leicht, gegen die Windmühlenflügel der Bürokratie zu bestehen, doch es ist mir gelungen. Und so kamen an einem schönen Tag im vergangenen Jahr *Sie* zu uns, liebe Frau Pech. Und ja, ich bin dankbar.«

Ein überraschtes Raunen ging durch die Menge.

»Dass Sie *mich* unterstützen«, sprach die Graefe weiter, woraufhin jedem wieder klar war, dass es in dieser Rede doch zuallererst um sie – die Bürgermeisterin – ging. »Gemeinsam konnten wir den schändlichen Mord an Della DeLorain aufklären und unsere Gemeinde sicherer machen. Ich habe natürlich Bürgermeister Wilhelm Herzog eingeladen, diese wahrlich große Tat mit uns zu feiern. Leider hat er abgesagt.«

»Aber Binchen, ich bin doch hier«, erklang eine Stimme aus der Menge.

Graefe erbleichte. »Willy. Was ... aber du hast doch ...« Sie zwang sich ein Lächeln aufs Gesicht. »Genug der Worte. Herzlichen Glückwunsch, Frau Pech!«

Damit sprang sie vom Stuhl und eilte auf ihren Widersacher zu.

»Tja, da hat er ihre Wahlkampfrede wohl kaputt gemacht«, sagte Bruno, der Berliner Teil der Tachmoiner.

»Dafür muss man ihm dankbar sein«, kam es von Gunnar, dem man seine Hamburger Herkunft anhörte.

Die Tachmoiner saßen heute nicht auf ihren Stühlen vor der Fressoase, was Maike im ersten Augenblick völlig verblüffte.

»Haben sie euch vertrieben?« Sie nickte auf die besagten Stühle, wo sie stattdessen ihre ehemaligen Kolleginnen aus Berlin, Doro und Josi, entdeckte.

»Ach Kindchen«, sagte Bruno mit einem Lächeln. »Denkst du wirklich, dass irgendwer überredet werden musste, hier mitzumachen?«

Gunnar schüttelte den Kopf. »Du hast endlich wieder so richtig Leben nach Niederteerbach gebracht. Seit du hier bist, haben zahlreiche Menschen nachträglich Gerechtigkeit erfahren, das ist etwas sehr Kostbares. Das fällt auf.«

»Es mag dir mit deiner ruppigen Schale ja nicht leichtfallen, aber die Leute mögen dich.«

»Außerdem sind wir das alte Stadtarchiv los.«

»Das auch.« Bruno grinste. »Und unsere Frau Graefe hat wohl auch bereits die perfekten Räume gefunden, um das neue Archiv aufzubauen. Du modernisierst uns also gleich nebenbei, indem du bei deiner Mörderjagd Dinge abfackelst.«

Aus irgendeinem Grund saß Maike plötzlich ein Kloß im Hals. Sie räusperte sich und trank kurzerhand zwei große Schlucke Kölsch. Netterweise fand der Nachschub immer wieder seinen Weg in ihre Hände. So musste das an einem Geburtstag sein.

Die Gesichter zogen schneller an ihr vorbei, die Glückwünsche lösten einander kontinuierlich ab. Sogar ihre Mutter war hierhergekommen und bestand darauf, doch endlich einmal Maikes Wohnung zu besichtigen. Keine gute Idee, mehr Kölsch.

Sie plauderte ein wenig mit Doro und Josi, es tat gut, die beiden mal wieder persönlich zu sehen. Maike lauschte all den Veränderungen, die es in dem Leben der Freundinnen gegeben hatte, und sie lachten herzlich.

Da waren Frau Kuschel, und Vincent Rossbach von der Sargfabrik. Raibach war mit seinem Neffen Janis vorbeigekommen. An der Seite saß Erwin, der aufgrund des Interviews mit Della schuldbewusst dreinschaute.

Ingo Brandt hielt sich in der Nähe von Bürgermeisterin Graefe auf, die eifrig mit Wilhelm Herzog diskutierte. Vermutlich hoffte er auf die eine oder andere Enthüllung – Schlagzeile inklusive. Nicholas von Marking stand an ihrer Seite, allzeit bereit, Befehle entgegenzunehmen.

Maike wurde warm ums Herz. Irgendwie – und sie konnte nicht sagen, wie dieser verdammte kleine Ort es geschafft hatte – fühlte sie sich wohl.

Das musste das Kölsch sein.

Sie trank einen weiteren Schluck.

»Da bist du ja«, sagte Martin.

»Kriegt man dich auch mal zu sehen«, kam es zeitgleich von Sandro.

O Shit, dachte Maike.

Die Güterzüge waren soeben kollidiert.

16. Kapitel

»Ah, der Kollege aus Berlin. Schön, dass Sie sich für dieses Ereignis etwas angezogen haben«, sagte Sandro.

»Ich zieh mich dann erst später wieder aus«, erklärte Martin provozierend und hielt die Bierflasche so fest umklammert, als wolle er sie gleich als Schlagstock benutzen.

Da hatte er die Attacke sauber pariert, fand Maike. Gleichzeitig implizierte er aber etwas. Sie wollte gerade etwas dazu sagen, als ...

»Danke noch einmal für den angenehmen Abend vorgestern, Maike.« Sandro führte das Rotweinglas an seine Lippen, der Anzug betonte die breiten Schultern. Er musste direkt aus dem Büro gekommen sein.

Vor ihrem inneren Auge sah Maike die beiden in einem Boxring. Sie umtänzelten einander, riefen sich Beleidigungen zu. Sandro in perfekt sitzendem Armani, Martin in verschlissenen Jeans und Dreitagebart. Die ersten Schläge kamen. Irgendwie zerfetzen diese Stück für Stück die Klamotten und beide bewegten sich halbnackt im Boxring.

Misstrauisch betrachtete Maike die Kölsch-Flasche und fragte sich, ob das schon zu viel gewesen war.

»Vorgestern?«, sagte Martin. »Haben wir da nicht videotelefoniert?«

»Ah, das war das Gespräch, das dich aufgehalten hat?« Sandro lächelte böse, überzeugt davon, gerade einen Punkt gemacht zu haben.

»Man muss eben Prioritäten setzen«, konterte Martin. Treffer umgewandelt in einen Sieg, fand Maike.

Sandro starrte Martin an, als wundere er sich darüber, dass ein Höhlenmensch zusammenhängende Sätze formulieren konnte.

Martin richtete seinen Blick auf Maike. »Was sagst du denn dazu?«

Sandro tat es ihm gleich. »Ja genau.«

Sie wechselte einen hektischen Blick zwischen den beiden. »Ich?«

»Du«, bestätigte Sandro.

»Japp«, kam es von Martin.

»Alles okay bei euch?« Philipp tauchte auf und ließ seinen Blick zwischen allen dreien hin und her wandern.

»Du hast mir deine Freunde noch gar nicht vorgestellt«, erklang die Stimme von Maikes Mutter. Sie nickte Sandro, Martin und Philipp zu.

»Jetzt haben wir eine griechische Tragödie«, sagte Maike leise.

Glücklicherweise kam die Kriegsgöttin persönlich in Form einer besten Freundin herabgestiegen und packte Maike am Arm.

»Ich muss euch Maike mal kurz entführen«, sagte Zoe.

Mittlerweile war es dreiundzwanzig Uhr und Maike wollte diesen Tag nur noch beenden.

»Einsteigen«, befahl Zoe.

Irgendwie fand Maike sich auf dem Beifahrersitz des SUVs wieder. Und tatsächlich parkte ihre beste Freundin aus. »Ich habe den anderen gesagt, dass ich dich kurz entführe, und als ich Jutta und deine drei Männer gesehen habe, hielt ich es für einen guten Zeitpunkt.«

»Es sind nicht *meine* drei Männer!«, stellte Maike klar.

Zoe lenkte das Auto aufs Feld, ein wenig außerhalb von Niederteerbach, und hielt an. In der Ferne ragte die Silhouette eines Hofs auf, den Maike nur allzu gut kannte. Das Gemälde, auf dem dieser Hof mitsamt der angeschlossenen Scheune zu sehen war, hing im Büro des Geschäftsführers der Sargfabrik. Sie hatte es gesehen, als Philipp ihr die Sargfabrik gezeigt hatte und erinnerte sich gut.

»Danke für die Rettung«, sagte Maike.

»Gerne. Da konnte man ja nicht mehr mit zusehen.« Zoe starrte in die Dunkelheit. »Jens hat mich gebeten, nach dir zu schauen. Er ist überzeugt, dass es dir nicht so gut geht.«

Maike lachte auf. Ja, dieser seltsame innere Druck, die Traurigkeit war noch immer da. »Ich weiß auch nicht. Es ist der Tag. Da sind überall diese Menschen und lachen, feiern mit mir. Und das ist ja auch nett. Aber ...«

»Eine fehlt«, sagte Zoe und bewies damit erneut, wie synchron sie dachten.

Erst jetzt realisierte Maike, dass es genau das war. »Ich vermisse Billie. Mal mehr, mal weniger. Aber an diesem Tag deutlich mehr.«

Zoe griff auf die Rückbank und zog eine Akte mit einem roten Deckel hervor. »Hat Gabi mir vorhin in die Hand gedrückt, du hattest ja das Okay gegeben.«

»Richtig«, hauchte Maike.

»Siehst du diesen verlassenen Hof dort vorne?« Sie deutete auf die Silhouette. »Der hat der Halbschwester des ehemaligen Sargfabrik-Besitzers gehört; und ihrem Mann. Dir geht es so schlecht, weil du das Gefühl hast, wir kommen zu langsam voran. Haken wir das heute an deinem Geburtstag doch gemeinsam ab.«

Maike ging dem Gedanken nach und ja, er gefiel ihr. Sie fühlte sich schuldig, als würde sie Billie verraten, wenn sie ihren Geburtstag einfach so weiterfeierte. Ihr wurde plötzlich klar, dass sie sich gar nicht vor dem Älterwerden fürchtete – sondern dass sie froh war, diese Chance überhaupt erhalten zu haben.

Maike nickte. »Für Billie.«

Zoe startete den Motor. »Für Billie.«

Der SUV holperte über den unebenen Weg, bis Zoe ihn vor dem alten Bauernhof stoppte.

»Wem gehört das Ding denn heute?«, fragte Maike.

»Steht alles in den Unterlagen«, sagte Zoe. »Ist wohl komplizierter, weil die Erbschaft nicht geregelt war.«

Sie stiegen aus. Maike schaltete die Taschenlampenfunktion an ihrem Smartphone ein. Zoe tat es ihr gleich.

Die Eingangstür war wie erwartet verschlossen. Sie gingen um das Haus herum, einige Scheiben waren eingeworfen worden. Auch hier gab es also Jugendliche, die zu viel Zeit hatten.

Maike zog sich an einem Fensterbrett in die Höhe, achtete darauf, sich nicht an den Splittern zu schneiden, und stieg in das Haus ein. Zoe folgte ihr. Prompt fühlte sich Maike wieder in die Zeit als Jugendliche zurückversetzt, immerhin taten sie hier etwas absolut Verbotenes.

Die Luft im Haus roch abgestanden, Staub bedeckte fingerdick jede Oberfläche. Sie standen in der Küche, wo Glasflaschen an der Decke hingen. Im Inneren befanden sich Kräuter. An den Wänden hingen Bilder von Blumen in Holzrahmen.

Sie traten ins anschließende Wohnzimmer. Alles hier atmete das Alter aus jeder Pore. Die verschlissenen Kissen auf der Couch, der alte Röhrenfernseher.

Auch hier hingen Bilder an der Wand. Sie zeigten einen Mann und eine Frau. Letztere wirkte eher zerbrechlich und zaghaft. Er besaß eine bullige Statur, das Gesicht war verhärmt. Hinter ihnen stand ein kleiner Bagger in der Nähe der Scheune.

Maike sah aus dem Fenster und runzelte die Stirn. »Fällt dir etwas auf?«

Zoe folgte ihrem Blick. »Die alte Scheune da draußen?«

Sie erinnerte sich an die seltsame Art des Gemäldes: eine recht klare Darstellung des Hauptgebäudes, daneben verwaschen die Scheune. Allerdings in einem ganz anderem Zustand. »Die Scheune wurde, nachdem das Gemälde angefertigt worden war, ausgebaut. Vielleicht sehen wir uns das direkt mal an.«

Natürlich gab es hier noch weitere Räume, aber etwas nagte an Maike. Auch dieser Hof musste nach Billies Verschwinden untersucht worden sein. Die Beamten hatten nichts gefunden.

Doch die umgekehrte Spur begann in Frankfurt und hatte über ein Foto zur Sargfabrik und deren ehemaligem Besitzer schließlich hierhergeführt. Zu dessen Schwager, der einen abgelegenen Hof besessen hatte.

Sie verließen das Haus auf dem gleichen Weg, wie sie hereingekommen waren.

Als sie die Scheune betraten, war es kurz vor zwölf. Es wurde sofort deutlich, dass es hier Veränderungen gegeben hatte. Das Scheunentor war verstärkt, das Schloss deutlich moderner. Trotzdem hatte es der Witterung nicht standgehalten.

Langsam gingen sie durch die Scheune, in der offenbar früher auch Tiere gehalten worden waren.

Seltsamerweise war dies exakt der Augenblick, an dem Maike erstmals ernsthaft darüber nachdachte, dass sie sich in etwas verrannte. Ein paar hundert Meter entfernt feierten die Menschen ihren Ehrentag, waren zusammengekommen, lachten und tranken. Und was tat sie? Sie brach in ein verlassenes Bauernhaus ein und schlich im Dunkel über Heu.

»Was war das?«, fragte Zoe.

»Was war was?«, erwiderte Maike.

Zoe kam zu ihr gelaufen und da bemerkte es auch Maike. An einer Stelle des Bodens klangen die Schritte anders. Da war etwas unter dem Stroh im Stall, wo früher die Tiere eingepfercht gewesen waren.

Gemeinsam schoben sie das ausgelegte Stroh und eine dünne Erdschicht beiseite. Darunter kam eine viereckige Metallplatte zum Vorschein.

»Stauraum?«, fragte Zoe heiser.

Sie glaubte nicht wirklich daran. Ebenso wenig wie Maike. Gemeinsam wuchteten sie die Platte nach oben.

Darunter führten die Stufen einer zusammengeschusterten Holztreppe in die Tiefe.

Das Holz knarzte, als sie nacheinander hinabstiegen. Schweigend standen sie am unteren Ende und blickten auf das, was der Lichtkegel ihrer Smartphones der Dunkelheit entriss.

»Ruf Jens an.« Mehr konnte sie nicht sagen.

Um 23.59 Uhr, an Maikes vierzigsten Geburtstag, hatten sie Billie gefunden.